정지돈

2013년 《문학과사회》 신인문학상을 수상하며 소설을 발표하기 시작했다. 소설집 『내가 싸우듯이』 『우리는 다른 사람들의 기억에서 살 것이다』 『농담을 싫어하는 사람들』, 중편소설 『야간 경비원의 일기』, 장편소설 『작은 겁쟁이 겁쟁이 새로운 파티』 『모든 것은 영원했다』, 산문집 『문학의 기쁨』(공저) 『영화와 시』 『당신을 위한 것이나 당신의 것은 아닌』 등을 썼다.

KB109057

…스크롤!

…스크롤!

오늘의 젊은 작가 35

정지돈
장편소설

민음사

"Wie gefährlich ist es zu träumen……

In den Zeiten des RisikoKapitals?"

——Christian Petzold

위 문장을 번역하면,

"꿈을 꾼다는 건 얼마나 위험한 일인가,

투기 자본주의의 시대에……."

——크리스티안 펫졸드

노바 익스프레스(Nova Express)

버려진 요트의 선창 위로 검은 바닷물이 넘실거렸다. 나와 리는 501 부두에서 유기농 코카인을 정제하고 있었다. 리는 등이 유연하고 팔다리가 튼튼했다. 고양이처럼 담을 넘었고 도벽이 있어 항구 주변을 돌며 보이는 건 다 훔쳤다. 마약 중독이 된 것도 훔친 물건 중에 캔-D가 있어서였다. 캔-D는 코카인과 실로시빈, 리세르그산, DMT, MDMA 따위를 정제, 합성해 만든 것으로 부작용은 적고 효과는 세 배인 꿈의 약물이었다. 정품은 비싸서 살 수 없지만 다들 야매로 만들어 주사했다. 오픈소스 드러거들이 제조법을 공개한 덕분이었다. 건강에도 문제없었다. 문제는 중독이 아니라 중독 제어다. 리가 말했다.

게다가 이 코카인은 볼리비아에서 공정무역으로 거래되는 거야.

그게 무슨 뜻이야?

수익의 20퍼센트가 저소득층의 교육 프로그램에 쓰인다는 뜻이지.

착한 마약이네?

그렇지?

나는 택배 기사로 일하며 쏠쏠한 일 뭐 없나 여기저기 기웃거리는 처지였다. 리가 훔친 물건들을 팔기도 했지만 수익은 하찮았다. 경쟁업자가 너무 많아 헐값에 넘기지 않으면 사는 사람이 없었다.

원래 꿈은 작가였다. 블로그에 소설을 연재하고 번역문을 올리고 일기도 썼지만 보는 사람이 거의 없었다. 한번은 어떤 사람이 댓글을 달았다. 글에 대해 할 얘기가 있으니 메일 주소를 알려 달라는 거였다. 신이 나서 알려 줬다. 곧 메일이 왔다. 떨리는 마음으로 메일을 클릭했다.

당신은 길을 잃은 것 같군요. 성공을 원하는 당신에게 권합니다. 금융시장 타파하는 황금손. Midas' hand. 실제 전문가입방아에 오르내리는 고급 정보를 매일 무료로 받아 보세요.

=상승주 종목 추천= https://is.hd/ghreJE

리는 쓸데없는 짓 하지 말고 노바스페이스에 소설을 연재하라고 했다. 노바스페이스는 MR에서 운영되는 가상 텍스트 플랫폼이다. 요즘은 다들 그것만 한다고 했다.

난 몰랐어.

당연하지. 담 달부터 유행이거든.

담 달에 유행할 예정이라고?

아니. 유행했어. 담 달에.

리가 말했다. 무슨 말인지 알아들을 수 없었다. 다음 달에 유행할 걸 어떻게 알아? 시간 여행이라도 하는 거야? 리가 고개를 저었다. 아이고, 이 답답아.

가상 화폐가 왜 돈이 되는지 알지?

어……. 아니, 몰라.

블록체인이 있잖아. 여기 노드들이 있고. 알고리즘에 따라 합의하면 그게 사이버 장부에 기록되니까 돈이 되는 거야. 노바스페이스도 마찬가지야. 블로거들 사이에 어떤 텍스트가 현실이라고 합의되면 현실이 되는 거야.

음…… 그럼 글만 쓰면 다 이루어지는 거야?

그건 아니지. 합의에 참여하기 위해선 자격을 취득해야 돼.

어떻게 취득하는데?

작업을 증명해야지.

작업은 어떻게 증명하는데?

……

리가 고개를 돌려 바다를 바라봤다. 검보랏빛 대기의 불연속면에서 전하를 띤 바람이 불어왔다. 미세한 물 분자 알갱이들이 얼굴에 내려앉았다. 리는 캔-D 제조 키트의 파이프에 유기농 코카인을 넣고 급속 가열했다.

우선 다음 일곱 가지를 기억해. 리가 말했다.

첫째, 인사를 잘하자.

둘째, 합평에는 열린 태도.

셋째, 다른 사람을 질투하지 마세요.

넷째, 자신을 부끄러워하지 마세요.

다섯째, 쓴 물건은 제자리에.

여섯째, 꽃을 꺾거나 밟지 말고.

일곱째, 의미에 대해서 질문하지 말기.

리의 혈관 속에 들어간 캔-D가 벌써 약효를 내고 있었다. 어젯밤에 머신건을 훔쳤는데 총알이 없잖아……. 팔 수 있겠어? 나는 고개를 끄덕였다. 바람이 거세졌고 수류탄만 한 빗방울이 쿵쿵 떨어졌다. 바닷물이 요트를 집어삼켰고 빗물 사이로 지느러미를 펼친 가오리가 녹색 형광물질을 번쩍이며 날아다녔다. 나와 리는 부둣가의 기울어진 콘크리트 위를 미끄러져 내려갔다. 전봇대의 전단이 펄럭이고 있었다. 미신 파괴자들을 모집한다는 내용이었다. 미신 파괴자들에 대해서 좀 알아? 오호츠크해에서 불어오는 바람이라고? 아니…… 나는 입속으로 들어가는 차가운 빗방울들을 뱉으며 소리 질렀다. 미신 파괴자들에 대해 아냐고! 오호츠크해가 어쨌다고!?

센티멘털 에듀케이션(Sentimental Education)

프랜은 효창공원에서 용산까지 걷기로 했다. 카카오 맵에는 33분이 걸린다고 나왔다. 온화한 바람이 불었고 형태가 선명한 구름이 해를 적당히 가렸다. 미세 먼지는 좋음을 가리켰다. 프랜은 일상적인 용어에서 혼란을 느꼈다. 미세 먼지 농도가 낮아서 좋다는 의미를 왜 미세 먼지 좋음, 최고 좋음으로 표기할까. 사람들은 생략을 어려움 없이 이해한다. 프랜은 반대였다. 아무것도 생략하고 싶지 않다. 아무것도 생략해선 안 된다. 아무것도 생략할 수 없다.

프랜의 목적지는 예전 용산 미군 기지 부지에 생긴 메타북스라는 서점이었다. 3시에 면접을 보기로 했다. 일하고 싶진 않지만 대안이 없었다. 대학을 졸업할 예정이었고 집에서 지원을 끊었다. 원래 계획대로라면 지금쯤 배우나 드라마 작가가 되어 성공 가도를 달리고 있어야 했지만 원룸에서도 쫓겨날 판이었다.

프랜은 영문과를 다녔고 연극 동아리에서 활동했다. 수업은 듣지 않았지만 소설과 희곡을 좋아해서 도서관과 극장에서 살다시피 했다. 20대 중반까지는 배우를 할 생각이었지만 그의 연기를 본 사람들은 눈을 가리고 귀를 막았다. 대신 그가 심심풀이로 쓴 글을 본 친구들은 무릎을 쳤다. 프랜은 그 길로 한겨레 교육문화센터에 드라마 수업을 등록하고 대본을 썼다. 프랜이라는 필명도 그때 정한 것이다. 왜 프랜이죠? 강사가 물었다. 그는 10년 전 수목 드라마를 만들었지만 역사 왜곡 논란으로 조기 종영을 맞은 후 사설 아카데미로 직행한 불행한 드라마 작가였다. 이가 없어 발음이 부정확했고(임플란트는 의료 산업의 음모라며 거부했다.) 손톱을 바싹 깎는다는 장점이 있었다. 프랜은 시트콤 「프렌즈」에서 이름을 따왔다고 했다. '프렌'이라고 하면 어색해서 '프랜'으로 했어요. 한국어는 아이가 자연스럽죠. 강사와 수강생들은 납득하지 못했다. 어이나 아이나⋯⋯. 어쨌든 「프렌즈」를 좋아하나 봐요? 프랜은 고개를 저었다. 그건 아니고 「프렌즈」가 제일 성공한 드라마니까요. 수강생들이 와하하 웃음을 터뜨렸다. 뭐가 웃기지? 프랜은 펜대를 빙글빙글 돌리며 생각했다. 쫄보들. 나는 시시한 드라마나 만들면서 시간을 죽이진 않을 거야. 바로 OTT로 직행이다.

프랜이 쓰려고 한 작품은 레즈비언 택배 기사의 일상을 담은 시트콤이었다. 자전적 이야기가 포함되어 있지만 그 사실은 함구했다. 장르는 SF. 사람들에겐 「에일리언」 시리즈와 유사한 구조라고 말했다. 그러니까 1편은 공포와 불안, 2편은 세계와의 투쟁, 3편은 절망과 투항, 4편은 부활과 영원. 에일리언/딜리머러는 말한다. 우리는 우리 밖의 존재다. 강사와 수강생들은 내용을 납득하지 못했다. 시트콤이라면서요?

큰소리쳤지만 막상 드라마를 쓰기 시작하니 일이 생각대로 풀리지 않았다. 스토리를 어떻게 전개할지 알 수 없었던 것이다. 없는 일을 어떻게 말하지? 에세이처럼 끄적였던 글과는 문제가 달랐다. 그렇게 어영부영하며 몇 년을 날렸다. 대학원으로 피신할까 생각했지만 먼저 대학원에 들어간 지우는 고개를 저었다.

대학원생은 둘 중 하나를 선택해야 돼. 학교에 불을 지르거나 하버드를 가거나.

지우는 어떻게 하면 학교에 불을 지르고도 법망을 피해 달아날 수 있을지 고민이라고 했다.

두 가지 조건이 있어. 첫째, 인명 피해가 없을 것. 둘째, 캠퍼스 전체를 태울 것.

지우는 외고와 서울대 학부를 거쳐 서울대 대학원을 다니는 엘리트였다. 지도 교수와 가족, 대학원 동료들은 하버드에서 박사 과정을 하라고 종용했다. 프랜이 봤을 때도 하버드에 갈 것 같았다.

내가 하버드에 가면 나를 밟고 앞으로 나아가라.

뭐래.

그거 알아? 대학원생들은 드라마만 봐.

지우가 말했다. 드라마를 써야 한다는 거였다. 초기 희랍 철학 분야에서 세계적인 석학으로 꼽히는 교수님도 수업 시간마다 드라마 얘기를 했다. 아낙시만드로스는 아페이론으로 우주를 설명하지요. 규정할 수 없는 무한한 시간의 질서 속에서 우리가 인식하는 본성들이 분리되어 나왔습니다. 「나의 아저씨」에서 이선균도 말합니다. 니가 아무것도 아니라고 생각하면 아무것도 아니다.

뭐래…….

프랜은 시간이 너무 더디게 간다고 생각했다. 유년 시절에 이미 늙어 버렸다고 생각했고 또래 친구들이 애같이 느껴졌다. 육체와 정신, 세계가 각기 흩어져 어긋난 타임라인 속에 흐르고 있었다. 때로는 자신이 남들보다 뛰어나다고 생각했고 능력에 비해 성공이 늦게 찾아오는 것 같아 조바심이 났다. 성공이 모든 것은 아니지만 그건 성공하고 난 뒤에 할 말이다. 지중해를 가로지르는 요트의 비치 체어에 누워 위성 전화로 이렇게 말하는 거다. 돈은 그저 숫자일 뿐이야. 갑판에는 프랜의 연인과 연인의 연인과 연인의 연인의 전 연인이 선탠을 하고 있다. 프랜은 시계 반대 방향으로 흐르는 대서양의 물결을 느끼며 파라솔 그늘 아래 책을 읽는다. 연인들의 살갗이 자외선에 지글지글 타는 소리와 청새치가 수면 위로 튀어오르는 소리를 들으며, 진짜 행복은 이런 소박한 일상에 있지……라고 지껄이면서…….

문제는 이런 꿈에 도달할 방법이 전혀 없다는 사실이었다. 왜 자신이 이런 꿈을 꾸게 된 건지도 알 수 없었다. 한심한 영화나 책을 너무 많이 봐서 그런 거겠지. 지우가 말했다. 가끔 날씨가 좋은 날이면 몽상이 너무 생생하게 느껴져 곧 이루어질 것만 같았다. 그럴 때면 선유도에서 난지 공원까지 걷거나 자전거를 탔고 UN 평화 공원 벤치에 앉아 인공 호수를 바라보며 새해 다짐 따위를 중얼거렸다. 두고 봐라. 내가 되고 만다.

그러나 여전히 뭐가 되어야 할지 어떻게 되어야 할지 알 수 없었다.

NE: 면접

스키폴 공항에서 708편 비행기에 탑승. 면접을 비행기 안에서 본다고 함. 뭐 하는 짓인지. 이코노미 석에는 나 같은 면접자들이 간격을 두고 앉아 있다. 비행기는 인도양을 지나 충칭에 도착할 예정. 그러니까 네덜란드에서 시작해 제3 차이나에서 채용. 이유에 대해서는 설명해 주지 않았다. 물론 면접에서 떨어질 수도 있다. 긴장을 풀기 위해 잭콕을 한 잔 마시고 알딸딸해짐. 뒷자리의 사내가 말을 건다. 광각 선글라스를 끼고 시종일관 고개를 까딱이는 조증 환자 같은 놈인데, 노랫말 같은 걸 중얼거렸다. 스윗 스윗 지저스…….

미신 파괴자들에 대한 소문은 들었죠? 면접에서 떨어진 사람은 비행기에서 내려야 한답니다. 착륙하기 전에요.

착륙하기 전이라니. 어디서 또 가짜 뉴스를 듣고 왔나 보
군. 나는 속으로 외친다. 꺼져, 이 멍청아. 그러나 착하게 대
함. 내 원칙은 간단하다. 사람들에게 친절하라. 그러나 그들에
게 잘 보이려고 노력하지는 말라. 사내는 내 속을 아는지 모
르는지 밑도 끝도 없는 말을 줄줄 늘어놓는다. 우리가 비행기
에 타기 전 동의한 서류에 면접 도중 사망 및 상해 사고에 대
한 모든 내용이 있단다. 자신은 그걸 다 읽어 보고 사인했단
다. 비데를 설치할 때도 약관을 모두 읽어 본다고, 동서가 변
호사 출신 오디오 수리 기사인데 작년에 폭발 사고로 목숨을
잃었다고 했다. 폭발 사고요? 사내가 광각 선글라스를 까딱
하고 내렸다. 종종 있는 일이죠. 노즐 성능을 업그레이드 하려
고 배수관에 나노 크기의 세라믹 입자 및 카본 파우더를 결
합한 패시브 와이어 코일을 설치했거든요. 그가 나에게 환한
미소를 지어 보였다. 피융.

낙하산은요? 사용해 본 적 있으세요?

아…… 사내는 선글라스를 올려 쓰고는 기내 잡지를 펼친
다. 스윗 스윗 지저스…… 나는 사내의 잘생긴 머리통을 보며
중얼거린다. 취미가 스쿠버다이빙이세요? 사내는 대답이 없
다. 우리의 스몰 토크가 실패로 돌아갔다는 사실이 느껴졌다.
왜지? 내가 재미없는 반응을 보였나. 면접자들끼리는 진정한
소통이 불가능한 걸까. 사회의 냉혹한 논리에 깊은 실망을 느

긴다…….

　면접은 퍼스트 클래스에서 진행됐다. 콘도르가 그려진 점퍼를 입은 남자가 방금 면접을 끝내고 나왔다. 상기된 얼굴이다. 주머니에서 캔-D를 꺼내 목덜미에 주사. 능숙한 손놀림, 정품 인증. 셔츠를 풀어헤치고 위스키를 들이붓는다. 문 열림 경고등이 켜지고 귓가에 팽창된 공기가 부딪치는 굉음이 들린다. 곧 창밖으로 허공을 날고 있는 면접자가 보인다. 그의 안전을 기원하며 잭콕을 한 잔 더 시켰다. 졸리기 시작. 망할…… 면접이 코앞인데……. 스튜어드가 나를 흔들어 깨운다. 비행기 날개 끝에 걸려 퍼덕거리는 콘도르 점퍼가 보인다.

　퍼스트 클래스의 커튼을 걷고 들어가니 세 면접관의 홀로그램이 있다. 면접관들은 현장에서 뛰고 있는 미신 파괴자들이다. 각국의 정보기관에서 차출된 일급 수사관들로 면접을 통과하면 그들의 뒤치다꺼리를 한다. 생각만큼 흥미로운 일은 아닙니다. 아랍계 여자 수사관이 말한다. 정신적으로 피폐해질 거라고 말이다. 이 바닥엔 미친놈들 천지거든요. 미신 파괴자는 21세기 초 세계적인 팬데믹을 겪으며 창설된 초국가적 기관이다. 바이러스보다 심각한 건 바이러스에 대한 소문이다. 미래의 문제는 환경도, 기아도, 전쟁도, 팩트도 아닌 "현실"(손으로 따옴표 그림. 귀여움.)이라고 수사관이 말한다. 미신 파괴자들이 하는 일은 단순하지 않아요. 음모론을 수사하고 음모론자를 수사하고 가짜 뉴스, 미신, 광신도를 퇴치하는 일이 궁극적으로 뜻하는 바가 뭔지 아세요? 검은 머리를 뒤로 넘긴 동양계 남자 수사관이 묻는다. 글쎄요. 문득 창밖으로 허공을 날고 있는 면접자가 보인다. 낙하산 없음. 흠……. 아까 본 장면인데. 점퍼에 그려진 콘도르가 날갯짓을 한다. 분홍빛 머리가 가죽을 뚫고 나오고 여러 마리로 분열하는 콘도르가 비행기 날개에 부딪혀 튕겨져 나간다. 중독 제어. 나는 리가 한 말을 떠올린다. 핵심은 그거죠. 중독 제어. 흥미로운 관점이라고 아랍계 여자가 말한다. 우리가 하는 일은 현실을 관리하는 겁니다. 기관 내부에서도 의견은 갈린다. 현실은 선험적으로 존재하는 것일까. 미신 파괴자들의 수사로 인해 현실이 구성되는 거라면? 우리가 박스를 열어 현실에 영향을 주는 거라면? 현실이 여러 개라도 된다는 뜻인가? 동양계 수사관의 홀로그램이 번득거리며 두상이 길게 늘어난다. 첫 번째 문제는 음모론을 수사하는 것과 음모론자를 수사하는 일이 양립할 수 없다는 사실입니다. 법체계의 관점에서는 진짜이거나 가짜지 둘 다일 순 없습니다. 수사관의 두상이 물결처럼 흔들리며 여러 개로 분열한다. 전형적인 양자역학적 문제죠…… 음성이 다중 레이어의 파동으로 갈라지고…… 유죄와 무죄의 구분이 불가능한 지대……를 다루기 때문에…… 미신 파괴자……들은 사법기관과 상충한다…… 각 레이어들이 반향을 일으키고…… 식별과 색출…… 물리적 살육의 현실적 가능성…… 인류를 입에 담는 자는 사기꾼이다……. 오오. 흥미로운데. 나는 중얼거린다. 현실 중독. 현실 제어. 두 단어가 (네 단어인가?) 반들반들한 유리 벽 안의 3D 패널에서 스물네 가지 색상의 빛을 발하며 회전한다. 문제는 그거군요. 비행기 흔들림. 우박이 양철통에 부딪치는 것 같은 요란한 소리가 들리고 갑자기 졸음이 쏟아진다. 나는 수사관 중 누군가는 아바타일 거라고 생각한다. 마리아나스 웹의 사후 거래 사이트에서 판매자로 본 적 있는 인물이다. 별점 한 개 반. 후기: 반려견의 영혼을 주문했는데 코만 왔어요. 판매자 답변: 영혼의 존재를 믿지 않으시나요?

SE: 더 나은 세상을 만드는

메타북스에 처음 온 사람은 누구나 그 규모에 놀란다. 메타북스가 속한 복합 콤플렉스 단지인 메타플렉스는 용산에 있지만 용산보다 규모가 크다. 건축과 지정학, 지질학, 4D 매핑, GIS, 메타피직스에 대해 모르는 사람이라면 의문을 가질 법하다. 부분이 전체보다 크면 어떻게 부분이 전체에 속할까. 이는 전체와 부분의 관계에 대한 고정관념에서 오는 착각이다. 우리의 감각과 지각은 자연의 실제 모습을 볼 수 없게 만든다. 당신이 포티니 마르코폴루칼라마라의 토포스 이론에 대해 안다면 이해가 쉬울 것이다.

메타플렉스는 여타 대형 몰과 달리 지붕이 없다. 1851년 런던박람회의 조셉 팩스턴으로부터 시작된 미래주의적 관습에 의해 모든 건축가와 계획가들은 외부 자연으로부터 격리되고 보호되는 공간을 상상하고 창조했다. 온도와 습도가 완벽히 통제되고 관리되는 시스템. 그러나 mall은 본래 걷기 좋은 산책로라는 뜻이다. 메타플렉스 프로그래머들은 미래의 몰이 진짜 mall이 될 거라고 예측했다. 몰이 화려해질수록 사람들은 낡고 녹슨 옛 동네에 낭만을 느끼고 디지털이 일상이 되면 아날로그의 가치가 상승한다. 메타플렉스는 거대한 지붕 아래 조성된 억지 정원이 아니라 진짜 가든, 겨울에는 춥고 여름에는 더운 자연의 이치를 감각하는 장소를 제안한다. 메타플렉스의 목표는 자연과 구분 불가능한 인공을 현실에 겹치는 것이다. 전 지구에 몰적 층위를 공존시키기. (메타플렉스 웹사이트의 nature 항목 참조.)

메타플렉스의 중요한 특징은 경계가 없다는 사실이다. 1966년 국제연합에서 승인한 외기권 우주 조약(Outer Space Treaty)에 따라 각 나라의 상공인 우주 공간은 영공에 포함되지 않으며 대기권을 벗어난 인공위성, 스페이스십과 탐사 로켓의 영역은 메타플렉스가 자유롭게 활용할 수 있는 공간으로 가정된다. 메타플렉스의 모회사인 MCU(Meta Culture Universe)의 지분 일부를 버진갤러틱홀딩스가 보유하고 있다는 소문이 이를 증명한다. (MCU는 아직 IPO 전으로 정확한 지분 관계는 알려지지 않았다.) 지표상의 경계 역시 마찬가지다.

아울렛이나 놀이동산, 행정구역처럼 어디까지가 메타플렉스의 영역이라는 표시는 없다. 벽도 없고 담이나 철망 같은 울타리도 없다. 메타플렉스는 당신의 땅과 당신의 빌딩, 당신의 점포를 환영한다. 경제 신문은 메타플렉스의 대지 면적이 오픈 반년 만에 1.5배 확장됐다고 보도했다. 주위의 건물주나 토지주, 자영업자들이 자발적으로 메타플렉스에 참여했다. 메타플렉스에 속하게 되면 어떤 장점이 있을까? 인테리어? 부대 이익? 회원 카드? 배지? 무엇보다 중요한 건 메타플렉스의 일원이라는 사실이다. 메타플렉스가 좋은 이유는 메타플렉스이기 때문이라고 프로그래머들은 설명한다. 메타플렉스란 그곳에 있지만 더 이상 그 자체의 이름으로 현전하지 않는, 그 자신의 실재로는 더 이상 가시화되지 않는 실재이자 개념으로 내용이나 형태 없이 명명 그 자체로 내재하는 어떤 '자산'이라고 할 수 있다. (vision 항목 참조.) 상황이 이렇다 보니 메타플렉스에는 중심이 없다. 오픈과 함께 코스메틱 매장, 카페, 플라워숍, 편집숍, 공유 오피스, 레코드점, 갤러리, 빈티지 마켓, 국제적인 경매사, 과자점, 자동차 극장, 피트니스 센터, 종교 시설, 레지던스, 대안 공간, 캠핑장, 회원제 스파 등이 메타플렉스의 산책로와 정원, 호수와 광장 사이에 입점했으며 유일한 직영점인 메타북스도 오픈했지만 어느 곳도 지리상의 중심을 차지하지 않는다.

흥미로운 사실은 그럼에도 메타북스가 메타플렉스의 유일한 중심으로 소개되고 있다는 사실이다. 공간이 특정 벡터 없이 무한히 확장한다면 어떻게 중심이 존재할 수 있을까. 메타플렉스는 이를 가상의 중심이자 부재하는 중심, Invisible Force라는 개념으로 설명한다. 메타북스는 force-core 개념의 실천을 위해 메타플렉스 전체 공간에 산개되어 있다. 6층짜리 메인 서점과 사무실이 존재하지만 하나의 노드일 뿐이다. 메타플렉스 곳곳에 소규모 업장과 부스, 책장 형태로 노드들이 퍼져 있으며 바닥에 떨어진 단 한 권의 책이나 책이 아닌 책의 콘텐츠를 운반할 수 있는 디지털 신호 역시 노드로 기능한다.(고 주장한다.) 책의 흔적, 책의 신호, 책의 찌꺼기, 책의 정신, 책과 관련된 모든 정보 흐름의 엔트로피가 메타북스의 촉수가 된다. 프로그래머들은 이를 두족류의 생물학적 원리에서 착안했다. 케임브리지 대학 연구진이 여섯 마리의 갑오징어에게 실시한 스탠퍼드 마시멜로 실험에서 갑오징어는 자제력과 인내심을 지니고 있다는 사실을 증명했다. 열 개의 다리로 분산된 뇌가 중앙집권적 통제에 따르지 않으면서도 체계적이고 통합적인 목표를 달성한 것이죠. 《SCI News》의 닥터 슈넬 인터뷰 참조.) 메타북스의 구조는 메타워크(META+NETWORK)의 원칙을 따르며 메타플렉스는 메타워크의 창발성에 의해 이종 정보적 커뮤니케이션의 형태로 조직됩니다. 지금까지 어떤 설계 회사나 기관도 도전하지 못한 혁신적인 시도지만 안타까운 건 이와 같은 도전에는 많은 비용이 든다는 사실입니다. 특히 인건비가요. 드론이나 로봇이 완전한 기능을 하기 전까지는 인간이 모든 노드들을 관리해야 합니다. 무척 아쉬운 일이죠.

SE: 문다네움(Mundaneum)

정말 많아요.

뭐가요?

일이.

시집을 읽으며 노닥거릴 수 있을거라고 생각했다면 오산이라고 공돌이가 말했다. 공돌이는 메타북스의 중간 관리자급 직원으로 신입 계약직 직원의 교육을 담당하고 있다. 프랜은 공돌이를 처음 본 순간 상극이라는 사실을 알았다. 공돌이의 닉네임은 아타리(atari)지만 (메타북스는 수평적인 사내 문화를 위해 영어 닉네임을 쓴다.) 프랜은 공돌이라고 불렀다.

프랜과 함께 입사한 정키는 아타리 정도면 괜찮은 사람이라고 생각했다. 아타리는 미국 게임 회사의 이름으로 일본어

あたり에서 따온 말이다. 아타루(あたる, 맞다·명중하다)의 명사형으로 바둑 용어로 쓰이며 상대방 돌을 먹었다는 의미다. 한국어로는 단수라고 한다. 1972년 출시된 아타리의 첫 번째 게임 「PONG」은 공전의 히트를 기록한 최초의 비디오 게임이다. 아타리는 방만한 경영과 일본 게임 회사의 공습으로 얼마 못 가 몰락했지만 오타쿠들의 기억 속에는 역사의 변곡점으로 남아 있다. 이 회사에서 스티브 잡스와 스티브 워즈니악도 나왔다. 그러니까 애플은 아타리에서 시작된 거라고 공돌이가 말했다. 그는 캘리포니아에서 직구한 아타리의 티셔츠를 입었고 (티셔츠에는 이렇게 쓰여 있다. "Never forget your first love.") 모바일 방치형 게임과 로그라이트 게임을 즐기며 폴리비우스 미스터리를 비롯한 각종 음모론에 몰두한다.

폴리비우스가 뭔데요?

「폴리비우스」는 1981년 미국 오리건주 포틀랜드의 아케이드 오락실에 설치된 게임이다. 발매되자마자 선풍적인 인기를 끌어서 개장 시간부터 마감까지 동전을 들고 줄을 선 10대들로 오락실이 마비될 정도였다. 그러나 「폴리비우스」는 단 2주 동안만 유통되었다. 「폴리비우스」를 플레이한 사람은 경미하게는 두통, 구토, 오한, 악몽, 불면증을 경험했고 심각한 경우에는 기억상실, 광과민성 발작, 살인 충동, 자살에 이르렀다. 기하학적이고 불가사의한 패턴과 색채의 반복 속에서 플레이어들은 환각과 몰입이 교차되는 경험을 했고 숨겨진 모드와 선택 메뉴 사이에서 자아가 망실되는 경험을 했다. 목격자에 의하면 매일 밤 CIA 요원이 게임기에 저장된 이용자 정보를 수거해 인간 행동 분석에 이용했으며 이는 CIA의 오퍼레이션 마인드컨트롤과 관련 있다고 했다. 「폴리비우스」의 개발자로 의심받는 아타리 출신의 천재 프로그래머 에드 로트버그는 「폴리비우스」 출시 이후 게임계를 떠났고 모든 인터뷰를 거절했다.

뭐야…….

진짜야.

공돌이가 말했다. 기성 언론에서는 이런 이야기를 도시 괴담, 싸구려 음모론으로 취급하지만 그렇게 넘어가기에는 의심스러운 정황이 너무 많다는 거였다. 앵그리 비디오 게임 너드로 유명한 제임스 롤프가 그중 하나다. 영화감독이자 유튜버, 배우인 제임스 롤프는 폴리비우스 미스터리에 심취했고 직접 오리건주 일대를 뒤지며 「폴리비우스」의 흔적을 찾았다. 결국 버려진 아케이드 게임으로 가득한 창고에서 먼지 쌓인 「폴리비우스」 게임기를 발견하고 플레이까지 하게 된다. 첫날은 이상이 없었다. 제임스는 게임기가 가짜거나 소문 자체가 가짜라는 생각을 한다. 그러나 라이브 영상을 본 제임스의 팬이 메일을 보낸다. 그 게임은 진짜입니다. 그 게임 때문에 아버지를 잃었습니다. 아버지는 비밀 정보 기관의 직원이었는데 폴리비우스를 플레이한 후 정신이상을 겪었고 게임의 위험성을 인식했죠. 그는 목숨을 걸고 게임기를 유출한 후 당시 열한 살이었던 제게 알 수 없는 난수표를 남기고 실종됐어요. 아버지는 20년이 지난 뒤 포트웨인 틴캡스의 홈구장인 파크뷰 필드에서 체포되었습니다. 당국은 그의 죄목이 뭔지도 설명해 주지 않더군요. 면회를 갔지만 아버지는 저를 알아보지 못했습니다.

물론 메일은 실없는 장난에 불과할지도 모른다. 그러나 제임스 롤프는 「폴리비우스」를 플레이할수록 경미한 치매 현상을 겪었고 게임 중독과 광기에 이르렀다. 모든 과정은 그가 업데이트한 유튜브에 기록되어 있지만 영상을 본 사람들은 누구나 페이크 다큐멘터리라고 생각했다. 「폴리비우스」니 뭐니 다 유치한 괴담이라는 거다.

실제로 롤프는 언제 그런 일이 있었냐는 듯 멀쩡히 활동을 이어 나갔고 그의 유튜브 채널은 승승장구했다.

하지만 진짜 무서운 건 그다음에 일어난 일이지.

공돌이가 말했다. 제임스 롤프가 실종된 것이다. 「폴리비우스」 영상을 만든 건 2017년이고 실종된 건 2021년이니까 둘 사이에 연관성이 없을지도 모른다. 그러나 제임스의 마지막 행선지를 안다면 그렇게 말할 수 없을 것이다. 제임스는 파크

뷰 필드에서 목격됐다. 평생 야구장에 한 번도 가지 않은 그가 무슨 이유로 마이너리그 팀의 홈구장에 간 걸까? 게다가 스태튼 아일랜드의 아서킬 로드 2812번지에 버려진 그의 자동차에서 의문의 난수표가 발견됐다. 이 모든 게 우연의 일치일까?

체크메이트.

공돌이가 자신만만한 표정으로 말했다.

무슨……?

위키피디아는 아타리를 checkmate로 번역하거든. 공돌이가 말했다.

메타북스의 노드는 2인 1조로 관리된다. 직원들은 메인 빌딩으로 출근해 배정된 층에서 업무 보고를 하고 배당된 노드로 이동한다. 메타북스에는 100만여 종의 책과 10만여 종의 굿즈가 등록되어 있다. 물론 이 모든 것들을 오프라인에서 만날 수 있는 건 아니다. 오프라인에는 헤드 매니저들이 큐레이팅한 상품들만 진열된다.

정키와 프랜은 4층 문학 분야에 배정됐고 일주일에 두 번 같은 조가 됐다. 그들이 가장 좋아하는 노드는 메타플렉스의 후미진 곳에 있는 버려진 교회였다. 미군 기지의 군인들을 위해 1955년 건립된 곳으로 허물지 않고 리모델링해 전시 공간으로 쓸 예정이었지만 아직 공사 전이었고 지금은 거미와 바퀴벌레, 쥐새끼들이 버려진 사체 위를 기어 다니는 폐가처럼 보였다. 음산한 이단 종파의 아지트 같지 않냐고 정키가 말했다. 인신 공양을 하거나 집단 자살을 시도하는 곳. 끔찍한 상상을 좋아하는구나. 프랜이 말했다. 정키는 어깨를 으쓱했다. 끔찍해? 실제로 일어나는 일인데?

프랜은 메타북스에 지원할 때만 해도 그냥 서점이겠거니 했다. 책을 좋아하는 룸펜이나 오타쿠, 국문과나 영문과 출신의 문과생들이 일하는 잉크와 종이 냄새 가득한 아날로그의 성지. 그러나 현실은 달랐다. 메타북스는 모르는 기능이 잔뜩 있는 전자 제품 같았다. 외관은 시계인데 단순한 시계가 아니라는 거다. 그럼 뭔데? 미래. 더 나은 삶을 위한 최선의 선택, 우리 모두를 잇는 연결, 그 진화의 현장. 메타북스의 대표인 잭슨 주는 아이비리그 출신으로 월스트리트의 투자사에서 시작해 실리콘밸리의 스타트업과 판교의 IT 기업을 거친 스타 기업인이었다. 매일 명상을 하고 탄수화물을 먹지 않으며 유기농 버섯에 관심이 많아 버섯종균기능사 자격증까지 땄다. 대표실에 자신의 실물 크기 등신대가 있는 자기애적 소시오패스지만 정치에는 뜻이 없어 여야의 제안을 모두 물리쳤다고 한다. 정치인이 되기에는 심각한 결격 사유가 있다는 소문도 돌았다. 어린 소년을 좋아하는 페도필리아라거나 사이언톨

로지교의 사제인 Auditor라거나……. 작년에 책을 냈고 종합 베스트셀러 1위가 됐다. 제목은 '가치 붕괴(의 시대를 여행하는 히치하이커)'. 길을 잃은 현대인을 위한 인생 지침서라고 띠지에 대문짝만 하게 쓰여 있지만 실제 내용은 나는 어떻게 여기까지 왔는가, 나는 왜 이렇게 현명한가, 나는 왜 이렇게 좋은 책을 쓰는가에 대한 것이다. 출간 직후 교양 예능에서 가치 붕괴와 미래 전망에 대해 초등학생도 알 법한 이야기를 늘어놓으며 2030의 롤모델이 됐고 아이돌 출신 배우와 열애설이 터졌다. 프랜이 면접을 볼 때 화상 채팅으로 잠깐 모습을 드러냈는데 창의력을 테스트한다며 황당한 질문을 던졌다. 닭과 달걀 중 어느 쪽이 먼저인지 사람들이 알게 된다면 다음 날 아침 전 세계 계란 프라이 소비량에 몇 퍼센트의 변동이 있을까요? 하림의 주식 변동폭은 얼마나 될까요?

…….

나도 그 질문 받았는데. 정키가 말했다.

하…….

하지만 잭슨 주의 장점도 있어.

뭐? 재산? 넓은 어깨?

젤리.

젤리?

정키가 고개를 끄덕였다. 잭슨 주는 젤리 마니아거든. 그리고 나도 젤리를 좋아하고.

정키가 말했다.

정키는 자신이 작가나 예술가가 될 수 있을 거라고 한 번
도 생각해 보지 않았다. 사업을 하거나 무슨 대표가 된다는
생각도 안 했다. 중학교 때 친구들이 반장으로 그를 추천했지
만 (키도 크고 공부도 잘하고 얼굴도 하얘요.) 뒤에 숨어 나오지
않았다. 사람들이 쳐다본다는 사실을 견딜 수 없었고 두려움
에 맞설 이유도 찾을 수 없었다. 그는 블루투스 이어폰으로
윌리엄 버로스의 오디오북을 들으며 출퇴근했고 쉬는 날에는
윌리엄 버로스의 소설을 번역하고 패러디했다. 버로스가 누구
냐고 묻는 여자 친구에게는 아내를 총으로 쏜 미국 작가라고
대답했다.

『네이키드 런치』에서 정키가 가장 좋아하는 부분은 마약
구매상이 감독관을 '흡수'하는 장면이다.

마약 구매상은 불길한 회녹색을 띤 거대한 젤리다. 젤리가
되기 전에는 브래들리라는 이름으로 불렸다. 앞니가 다 빠진
입으로 베이브 루스 막대 사탕을 빨며 어두운 거리를 돌아다
녔고 어린 소년 마약 중독자를 만나 성욕을 채웠다. 삽입을
하거나 삽입을 당하는 건 아니었다. 물렁물렁해진 몸으로 소
년들을 감싸기만 했다. 한 소년은 마약 구매상에게 썩은 멜론

냄새가 났다고 증언했다. "나는 그가 일종의 절정에 올랐구나 하고 짐작했지……." 마약 감독관은 구매상과 사무실에서 단둘이 만났다가 봉변을 당했다. 구매상의 점도가 서서히 낮아지더니 녹은 젤리처럼 감독관의 발부터 감싸기 시작한 것이다. "울컥…… 울컥 울컥." "안 돼! 안 돼!" 결국 구매상은 마약반 형사들과 반장까지 흡수했고 국장을 흡수하고 있는 와중에 긴급 출동한 특수반에 의해 화염방사기로 파괴되었다.

그러나 젤리는 사라지지 않았다. 미분화된 세포가 되어 특수반의 멤버인 개빈에게 기생하기 시작한 것이다. 젤리는 개빈의 몸을 조금씩 파먹으며 몸을 불려 나갔다. 뒤늦게 알게 된 개빈이 손으로 떼어 내려고 하자 불붙은 가솔린처럼 손에 옮겨 붙어서 그 손에서 다시 자랐고 동료들이 떼어 내려고 하자 역시 그들의 신체에서 다시 자라기 시작했다. 젤리를 박멸하기 위해서 완전한 격리를 실행했지만 그들은 곧 직접적인 접촉이 아닌 언어를 통해 옮겨 다니는 방법을 터득했다.

그러니까 언어는 곧 바이러스야.

정키가 의기양양하게 말했다. 이때가 그가 유일하게 신나 보일 때다. 아무도 관심없는 자신의 관심사를 늘어놓을 때.

정키의 취향에 대해서는 왈가왈부하지 말자. 프랜은 한물 간 아방가르드 문학을 좋아하는 정키가 좋기도 하고 싫기도 했다. 아니, 정정하면 안쓰러웠다. 정키는 자신이 만든 세상에서 존나 혼자 놀았다.

어쩌다 그렇게 된 거야?

뭐가?

그냥…… 니 삶?

헬싱키 가상 마을에서 태어났거든.

?

거기는 초등학교 문학 교재가 윌리엄 버로스랑 피에르 기요타야. 초등학교라는 학제 자체가 없지만.

정키는 아현동의 아파트에서 친구 둘과 함께 살았다. 그 중 하나는 한예종을 나와 영화나 드라마 스태프로 일하며 독립 잡지를 만드는 즤(Z)였는데 그는 지우의 옛 연인이었고 프랜과도 인연이 있었다. 프랜에게 영화 리뷰를 부탁했는데 프랜이 펑크를 낸 것이다. 자신의 글이 마음에 안 들기도 했지만 즤도 완전한 호감은 아니어서 마감을 얼레벌레 미룬 탓이다. 즤는 생소한 감독이나 사상가의 이름을 말하길 좋아했고 프랜이 좋아하는 영화를 형편없다고 하거나 프랜이 싫어하는 영화를 저평가된 걸작이라고 추켜올렸다.

정키는 즤와 오랜 친구였지만 최근에는 별로 소통이 없었다. 한집에 살고 난 뒤 더 그랬다. 뚜렷한 문제가 있는 건 아니었다. 즤가 집세를 내지 않은 일도 있었고 밤에 여자를 데려

오는 일도 있었다. 한번은 집에서 미팅 비슷한 술자리가 만들어졌다. 즤는 정키에게 연락도 잘 안 되는 (현) 여친은 잊으라며 오늘 같이 온 애들이 진국이라고 했다. 진국? 누가 그런 걸원해? 정키는 남녀 관계에 대한 시시풍덩한 이야기에 하품이 났고 빨리 방으로 돌아가 윌리엄 버로스의 잃어버린 인터뷰를 번역하고 싶었다. 동양계 오타쿠인 베일이 버로스에게 묻는다. 「하산 에 사바흐의 마지막 말들」이라는 시에서 언급된 베누시안 캔서 컨스피러시에 대해 듣고 싶습니다. 방금 막 무덤에서 기어 나온 것 같은 창백한 얼굴의 버로스가 대답한다. Well…… They're all around us. 그들은 우리의 모든 것을 컨트롤하지…….

어쨌든 이왕 엮이게 된 정키와 프랜, 즤, 지우는 다 같이 보기로 했다. 즤와 그의 친구들은 삼각지의 지하 작업실에서 매달 마지막 주 일요일 저녁에 정기 모임을 가졌다. 프로젝터로 국내 미개봉작 (가끔은 해외에서도 개봉하지 않은) 영화를 보거나 실험적으로 만든 클라우드 기반 다중 접속 게임을 했고 잊힌 하이퍼텍스트 소설의 플로피디스크를 구해 읽고 분석했다. (결론은 잊힐 만하다는 거였다.) "ÜNdrrrr 1s t3h Se4NeW/|4" 라는 제목의 포스터도 만들고 SNS 계정도 만들어서 모르는 사람들의 신청도 받았다. 즤는 약간 부끄러워하며 언더 더 씨(네마)는 장난으로 만든 이름이라고 했다.

그날 모인 사람은 아홉 명이었다. 토렌트로 구한 포르투갈 영화를 상영했다. 프랜은 빈백에 누워 감기는 눈을 겨우 뜨고 영화를 봤다. 오전부터 일하고 와서 몸이 노곤한 데다 맥주를 한 캔 마셨더니 걷잡을 수 없이 졸렸다. 정키는 자기가 진짜 좋아하는 감독의 영화라더니 시작부터 졸기 시작했다.

이미 본 영화라서 그런 거야. 정키가 말했다.

그러시겠지.

영화는 나쁘지 않았다. 남부 유럽의 쇠락한 공업 도시가 흰 벽에 투사되었다. 여러 갈래로 얽힌 미스터리를 추적하는 영화였지만 할리우드에서 만든 물건과 전혀 달랐다. 모든 장면에 내레이션이 깔렸다. 내레이션과 캐릭터, 스토리의 관계는 앞서거니 뒤서거니 하며 얽히고 반복하고 화해했다. 화면도 후지고 배 나온 아저씨 배우들도 후졌지만 이상한 재미가 있었다.

즤가 프랜의 어깨를 툭 쳤다. 초록색 표지의 책을 건넸는데 저 영화감독이 쓴 에세이가 있다고 했다. 프랜은 누워서 책을 훌훌 넘겼다. "때때로 우리는 길 잃은 느낌에 휩싸인다.""기술은 오트쿠튀르이고 부르주아가 재미있게 지내는 것은 천박하다.""예술 학교들은 의학 대학이나 병원에 통합되고, 그곳에서 사람들이 이미지의 복용법을 배우게 된다.""아이고!"

프랜은 정키에게 이런 영화를 더 추천해 달라고 했다. 가능하면 책도. 정키와 즤의 친구들은 프랜과 다른 세계에 사는 것 같았다. 나이대도 비슷하고 학력도 비슷하고 사는 지역도 비슷했지만 보고 듣는 게 달랐다. 대중적이거나 예술적이거나 하는 문제가 아니었다. 프랜은 국내의 상업적인 유통망을 거친 것들만 봤다. 반면 정키의 친구들은 다크웹이라도 뒤지는 사람처럼 온갖 이상한 것들을 찾아냈다. 그들의 광범위한 지식에 가끔 주눅 들기도 했고 잘난 척하고 있네라는 생각도 들었으며 알고 보니 별거 아니었다는 말로 이죽거리기도 했지만 호기심, 오기, 흥미가 발동했고 프랜도 모르게 조금씩 영향을 받았다.

지하 작업실에서 두 번째로 모인 날이었다. 정키가 프랜에게 고백할 게 있다고 했다. 니가 처음에 좋아한다고 한 소설 있잖아……. 정키는 그 소설을 읽지도 않았으면서 읽은 척했다는 사실을 인정했다. 프랑스 혁명 전후를 배경으로 프티부르주아의 감정과 사상을 다룬 고전이었는데 작가 이름만 들어도 하품 나는 작품이라고 정키는 생각했다. 거의 모든 출판사의 세계 문학 전집에 포함되고 결코 아카데미를 벗어나지 않는 늙은 교수들이 번역하며 대학 권장 도서 100선 같은 곳에 늘 포함되는 그런 소설. 그러나 프랜이 짚어 준 작품들은 프랜의 영향 때문인지 작품이 좋아서인지 아니면 정키가 변해서인지 좋았다. 정키는 지하철에서 책을 읽다 눈물을 흘렸다. 보는 사람이 있을까 봐 마지막 칸으로 서둘러 걸어가 나머지 부분을 읽었고 그 때문에 내려야 할 역을 놓쳤다. 프랜에게 추천받아 일본 소설도 읽게 됐다고, 정키는 고등학교 졸업 후 처음으로 일본 소설을 읽는다고 했다.

두 사람이 붙어 다니자 어느 날 공돌이가 사귀는 거 아니냐고 했다. 메타북스의 직원 식당에서 점심을 먹고 있을 때였다. 그들 말고 다른 직원도 여럿 있었다. 배식판에는 해시브라운과 치킨 너겟, 브로콜리 샐러드, 베이컨과 김치가 쌓여 있었다. 공돌이가 말했다. 사귀면 잘 어울리겠다. 키도 비슷하고.

저 여자 좋아하는데요. 프랜이 베이컨을 씹으며 말했다. 굳이 말할 필요 없지만 심사가 뒤틀려 자기도 모르게 나온 말이었다.

잠시 정적이 흘렀다. 공돌이가 어색하게 웃으며 만회할 말을 찾았다. 여자가 여자를 만나는 게 나쁜 일은 아니지. 나쁜 남자한테 상처받으면 그러더라.

분위기는 더 심각해졌다. 정키는 제발 여기서 공돌이가 멈췄으면 했지만 공돌이는 당황하면 더 말하는 타입의 인간이었다. 물론 그럴 때 나오는 말은 대부분 해선 안 될 말이다.

좋은 남자 만나면 괜찮아질 거야.

공돌이가 말했다. 프랜의 표정이 굳었고 식당 분위기는 재난 현장을 방불케 했다. 정키는 식판에 올려진 브로콜리가 감마선에 노출되어 녹색으로 튀겨진 뇌처럼 생겼다고 생각했다.

직원 식당에서 밥 먹지 말자고 했잖아. 프랜이 말했다. 해 시브라운 때문에……. 정키가 중얼거렸다.

여름의 시작과 함께 메타북스의 직원들 대부분 스트레스를 받고 있었다. 오픈한 지 반년도 안 됐고 체계도 잡히지 않은 상태에서 잭슨 주가 서점의 시스템을 바꿨기 때문이다. 가장 큰 변화는 도서 분류 체계였다. 원래 메타북스는 UDC(국제십진분류법)를 따랐다. 100 철학, 200 종교, 800 문학……. 잭슨 주는 분류를 클래스로 나누자고 했다. 분야 상관없이 쉬운 책부터 어려운 책까지 단계별로 나누는 거다. 영어 교재처럼 말이다. 1층에는 클래스 원, 2층에는 클래스 투, 메인 건물의 가장 높은 층인 6층에는 난이도가 가장 높은 하이클래스의 책들이 들어간다.

브릴리언트! (아이디어에 대한 잭슨 주 본인의 평가.)

대부분의 직원이 펄쩍 뛰었다. 말도 안 되는 일이고 할 수도 없는 일이다! 그러나 잭슨 주는 모든 혁신이 처음에는 그런 대접을 받는다고 말했다. 그는 책을 거의 읽지 않았고 출판계 상황에 무지했지만 걱정하지 않았다. 코드 한 줄 쓸 줄 모르는 IT 업계 CEO들이 수두룩하다. 그 분야에 대해 잘 아는 사람은 혁신적인 아이디어를 낼 수 없다. 이걸 경험의

함정이라고 하지요.

분류 작업이 시작됐다. 대부분의 직원들이 마감 후에도 일했고 핵심 직급들은 밤을 새웠다. 택시비는 줬지만 야근 수당은 없었다. 대신 스톡옵션을 준다고 했다.

미친 짓이야. 안 그래?

새벽 1시에 퇴근하며 정키가 말했다. 정키가 좋아하는 책들은 모두 클래스 식스로 갈 예정이었다.

계단을 오르는 것처럼 단계별로 업그레이드될 거라고, 그때의 성취감을 생각해 보라고 잭슨 주가 말했다. 모든 사람들이 펜트하우스에 살고 싶어 한다. 그러니까 하이클래스 책들? 노 프러블럼. 사람들에게 미션과 퀘스트를 주자! 아주 간단한 게 이미피케이션이었다.

비가 내리고 있었다. 도로는 검게 빛났고 아스팔트의 타르가 녹아내리는 것처럼 보였다. 프랜과 정키는 피곤했지만 집에 가고 싶지 않았다. 지금 잠들면 삶이 쪼그라드는 느낌이 들 것이다. 마침 삼각지에 긔와 지우를 비롯한 친구들이 있었다.

그들은 공모전 지원서를 준비 중이었다. 다원 예술과 관련된 전시였는데 지원금이 3000만 원이었다. 국립현대미술관에서 전시도 할 수 있었다. 경쟁이 치열해 뽑히긴 힘들겠지만 그래도 해 보자고 긔의 친구인 경태가 말했다. 경태는 그래픽디자이너로 검게 탄 얼굴에 SF 영화 소품 같은 안경을 꼈다. 친구들 중에 돈을 제일 잘 번다고 긔가 말했다. 연예인이랑 친구라며? 긔가 팔꿈치로 툭 쳤다. 경태는 웃기만 할 뿐 대답하지 않았다. 그들이 함께하는 프로젝트명은 '감각 지각 문서 (sense-perception documents)'였다. 인터넷의 숨겨진 아버지 폴 오틀레의 개념을 빌린 것으로 텍스트와 오감, 뇌과학의 문제를 결합한다고 기획 의도에 썼는데 무슨 말인지 그들도 알 수 없었다.

최종 심사 위원으로 마셜 매클루언이 올 거래.

그 사람 안 죽었어?

죽었지. 근데 토론토 대학 AI 리서치랩에서 되살려 냄.

마셜 매클루언은 방대한 아카이브와 생전에 촬영한 뇌 지도 영상을 바탕으로 가상 인간으로 재탄생했다. 유족들은 디지털 합성된 마셜 매클루언의 목소리를 듣고 눈물을 흘렸다고 한다. 살아 있을 때보다 더 인간적이야……

테이블 위에는 빈 와인병과 맥주병, 과자 부스러기, 다양한 크기와 소재의 잔들, 음식 찌꺼기가 남은 냄비와 그릇이 널려 있었다. 프랜과 정키는 냉장고에서 맥주를 꺼내 다른 테이블에 앉았다. 지우가 그들을 따라 자리를 옮겼다.

프랜 정키 지우

아라비안란타(Arabianranta)는 헬싱키 북동쪽 아라비아 만에 접해 있는 지역의 이름이라고 정키가 말했다. 란타(ranta)는 헬싱키어로 해안이라는 뜻이다. 헬싱키 가상 마을(Helsinki Virtual Village), 일명 HVV는 이곳에 만들어진 신도시다. 그럴듯해 보이지만 송도나 세종시에서 도입한 스마트 시티와 별다를 게 없는 곳으로 도시의 모든 장소에서 인터넷에 접속할 수 있으며 웹의 모든 활동과 데이터의 영역을 물질적 층위와 겹치는 걸 목적으로 한다. 물론 가상 공간 역시 물질적이다. 정키가 말했다. 사람들이 흔히 착각하는 문제가 이거야. 증강 현실이건 가상 현실

경태 그 외

정보과학의 숨겨진 아버지 폴 오틀레의 인터넷에 대한 구상은 바네바 부시보다 10년, 테드 넬슨보다 30년, 팀 버너스 리보다 60년 앞섰지만 거의 대부분의 사람들에게 알려지지 않았다. 그는 단지 서지학의 선구자이자 괴짜 이상주의자, 계몽주의자, 인종차별주의자, 조금 돌은 사람, 노벨평화상 수상자의 친구로만 알려졌고 그가 만든 정보의 집하장 문다네움은 나치의 습격과 정부의 방치 속에 버려졌으며 최초의 개인용 정보검색기 몬도테크(Mondothèque)에 대한 구상은 브뤼셀 레오폴드 파크의 창고 속에서 썩어 가고 있었다. 폴 오틀레가 다시

이건 디지털은 물질의 한 형태다. 존재하지 않는 것이 아니라 존재의 양태가 다를 뿐이다. 그러므로 가상에 집착하는 사람들이나 가상에 매겨지는 가치를 허상으로 생각하면 안 된다. 그런 식으로 따지면 화폐도 마찬가지거든.

그렇지만 가상 음식을 먹을 순 없지. 지우가 말했다. 그건 명백히 다른 거라고.

정키는 공학자 아버지 때문에 아라비안란타에서 2년간 살았다. 태어났다는 건 거짓말이고…… 그때 알게 된 잉카 인나마가 그에게 윌리엄 버로스를 알려 줬다. 잉카는 HVV 프로젝트의 책임자 중 한 사람으로 핀란드의 소프트웨어 솔루션 회사인 디지아(Digia)의 직원이었다. 히

발견된 건 사후 60년 뒤였고 구글은 재빨리 그를 자신의 시조로 삼아 정전 작업에 들어갔다. (구글은 언제나 그렇듯 약삭빠르게 행동했다.)

즤는 폴 오틀레의 요점이 인터넷이나 하이퍼텍스트 운운에 있지 않다고 했다. 폴 오틀레가 현재의 역사에 편입되는 방식에서 해답을 찾지 말고 다른 방향에서 접근해야 돼.

벌써 역사에 편입됐어? 경태가 물었다.

19세기 말 폴 오틀레와 앙리 라퐁텐이 가장 우려한 건 정보 폭증이었다. 정보가 너무 많아져서 유용한 정보가 사람들에게 전달되지 않는 것이다. 이건 스티브 잡스의 '멍청이 폭증' 이론과 유사한

틀러처럼 딱 붙은 검은 머리에 목 끝까지 채운 라코스테 카라 티셔츠를 입고 다니는 게이 아저씨였는데, 아마존의 환각제인 아야와스카를 복용한 상태로 뉴욕에서 차를 타고 국경을 넘어 소노라 사막을 횡단해 멕시코시티로 가는 게 꿈이었다. 단 자율주행차를 타고.

그때는 자율주행차가 나오기 전이었거든.

지금은 나온 후야?

잉카 인나마는 사이퍼펑크 추종자였고 가상 현실과 사이키델릭이 시너지를 일으킨다고 믿었다. 원래는 HVV 프로젝트를 리얼리티로 끌어올리는 게 목적이어서 공기 중에 사이키델릭 약물을 살포하려 했다. 약에 취한 사람

면이 있어. 회사 창립 초기에 입사한 멍청한 직원이 나중까지 살아남아 자신과 비슷하거나 더 못한 신입 멍청이를 뽑는 거지. 그 신입은 또 다른 멍청이를 뽑고. 그렇게 멍청이의 수가 폭증하는 거야. 정보도 마찬가지야. 초기에 유용한 정보가 정착되지 않으면 어리석음이 퍼져 나가고 어리석음이 고착되어 다른 어리석음을 낳는 거야. 비효율적인 습관도 한번 길이 들면 그걸 고수하게 되는 것과 마찬가지지. 문제는 폴 오틀레가 이런 사고에 입각해 정보의 차별적 분류와 인종차별을 연결했다는 사실이었다. 이 관점에서 보면 문다네움 설계에 참여한 르코르뷔지에와 카렐 타이게가 왜

들이 가상과 현실을 넘나들면 순차적으로 디지털이 현실로 유출될 거라는 게 그의 가설이었다. 그날이 오면 현실은 꿈의 논리를 따를 것이다. 당연한 말이지만 잉카의 계획은 실현되지 않았다. 해고당하지 않은 게 다행이지. 정키가 말했다. 잉카는 대신 헬싱키 사이퍼펑크 리더 우나 레이세넨에게 기밀 정보를 유출했다. 웹2.0의 전복을 노리는 우나는 잉카에게 받은 정보를 디지털 새소리로 변조해 송출했다. 과정은 간단하다. 정보를 낭독한 뒤 고조파를 필터링하고 FM 디모듈레이터로 기본 주파수를 찾은 후 AM 복조로 엠플리튜드 인벨롭을 알아내면 된다.

무슨 말이야…….

다뤘는지도 알 수 있어. 르코르뷔지에는 폴 오틀레랑 비슷하게 생각했거든. 문다네움은 중앙집권적이고 기념비적이다. 방문객들은 3중 나선형 통로를 통해 선사시대부터 현대에 이르는 모든 정보에 선별적으로 접속한다. 반면 체코 아방가르드 연합인 데베트실 소속 디자이너 카렐 타이게는 분산되고 개방된 체계가 훨씬 과학적이라고 봤다. 다시 말해 정보 과부하와 무질서를 선으로 보느냐 악으로 보느냐 하는 문제지. 그런 의미에서 폴 오틀레가 주장한 '감각지각문서'는 스스로도 눈치채지 못한 가능성을 실현해야 해. 즤가 엄숙하게 선언했다.

폴 오틀레는 미래의 문서

볼륨 인벨롭이라고 소리 크기의 모양이라고 생각하면 돼.

우나는 어느 날 꿈속에서 검은 새가 인간의 목소리로 말하는 걸 들었다. 그리고 꿈에서 깼을 때 창밖에서 진짜 검은 새가 노래하고 있었다. 그때 떠올린 것이다. 모든 기밀 정보를 블랙버드의 노래로 송출하자. 이를 역설계하면 원래의 정보를 찾을 수 있다. 우나는 말했다. Blackbird was talking in human language. 잉카는 30년 안에 크립토피아가 도래할 거라고 믿었다.

크린토피아?

그건 세탁소 이름이고 내가 말한 건 사이퍼펑크가 만든 시스템이야.

사이버펑크?

사이퍼……

가 오감을 감각할 수 있게 만들어져야 한다고 말했다. 텍스트를 보고 맛이나 냄새, 소리를 지각할 수 있어야 한다는 거다.

그렇지만 이걸 4D 영화 같은 걸로 생각하면 안 돼. 1차적인 감각은 텍스트의 가능성을 증대하는 게 아니라 상상력을 감축하거든. 우리는 감각지각문서를 '텍스트의 신체화'라는 관점에서 접근해야 한다.

텍스트-정보가 유기적 신체를 가질 때 그것은 어떤 종류의 감각을 수반하는가. 감각-텍스트는 정보의 정의를 어떻게 변형하는가. 앎의 차원은 어디까지 이동할 수 있는가.

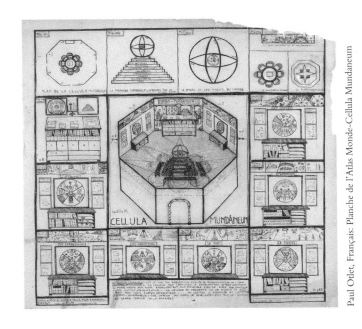

Paul Otlet, Français: Planche de l'Atlas Monde-Cellula Mundaneum

무슨 말인지 하나도 모르겠는데. 너 지금 맨스플레인하는 거야? 지우가 말했다.

미안…….

지우는 이런 종류의 모든 유행이 한심했다. 4차 산업혁명, 통섭, 공유 경제, 가상 경제, 디지털, 미디어 철학, 기술 철학, 포스트휴먼, 트랜스휴머니즘, 사이퍼펑크, 암호 화폐, 게임 이론…… 특히 실리콘밸리나 스타트업은 최악이고 유사한 측면에서 미디어 아트나 아트 테크니 하는 것들도 비호감이었다. 그런 것들은 눈속임에 불과했고 실체가 없었다. 변화, 새로움, 혁신은 언제나 부자들을 위한 것이다. 그곳에 진짜 변화는 없다.

지우는 도시인류학으로 석사 논문을 쓸 예정이었다. 20세기 초 제국주의 수도 도쿄의 나카무라야를 중심으로 이루어진 한국, 중국, 타이완, 인도를 비롯한 동아시아 네트워크의 행방을 추적하는 내용이었다. 박사 과정은 인도네시아의 가자마다 대학 인류학과로 가서 비동맹운동과 한국의 초기 여성운동의 연관성에 대해 연구할 생각이었는데 가족을 비롯한 모든 지인들이 만류했다. 주제는 상관없지만 하버드에 가서 연구하라는 거다. 어느 교수는 가자마다 대학으로 가더라도 다시 영미권의 대학에 연구원으로 가게 될 거라고 어느 쪽이든 상관없다는 시니컬한 의견을 주기도 했다. 그러나 무엇이 됐든 지우에게 참여와 현장 연구에 대한 존경심, 차별과 폭력에 저항하는 실천적 삶에 대한 존중과 관심은 무한했다. 그리고 그것이야말로 실제로 존재하는 것이라 믿었다. 리나 정키가 빠져 있는 것들은 흥미롭지만 기득권 문화 엘리트들의 자위일 뿐이다. 가혹한 평가지만 별수 없다. 문제는 이렇게 생각하는 지우 역시 흔들릴 때가 많다는 것이었다. 결국 내가 원하는 건 아카데미 안에서의 안정적인 삶 아닌가. 유학과 교수직, 학계의 인정으로 이어지는 네트워크의 흐름 속에서 진정한 참여가 가능할까. 학계 안 지식인들의 언어는 사회의 자기

변명에 불과하지 않나. 그는 프랜이나 정키 등과의 교류가 이러한 갈등을 벌충해 준다고 생각했다가도 자신의 생각에 가끔 깜짝 놀라고, 부끄러웠다. 그래서 어느 날엔가 나는 결혼하지 않을 거고 아이를 키우지 않을 거라고, 제도의 평탄한 재생산에 기여하지 않을 거라고 선언하기도 했다.

출산은 할 거야. 명백히 생물학적인 측면의 호기심과 신체 변형에 대한 궁금증 때문이지.

낳은 애는 어떻게 할 건데? 프랜이 물었다.

애를 낳지 못하지만 양육은 원하는 동성애자 부부에게 주는 거지. 어때, 생각 있어?

아서라…….

지우는 매일 새벽 6시에 일어나 《경향신문》, 《한겨레》, 《중앙일보》의 기사를 확인했고 《뉴욕 타임스》와 《더 가디언》 사이트에 들어가 필요한 기사를 스크랩했다. 《조선일보》나 《동아일보》의 기사가 눈에 띌 때마다 비명을 지르고 친구에게 카톡을 보냈다. 세상이 너무 이상해!

니가 더 이상해!

다음 날 늦은 점심, 연남동에서 지우와 프랜, 정키가 만났다. 숙취를 해소하자고 했지만 브레이크 타임에 걸려 갈 만한 식당이 없었다. 셋은 한동안 헤매다 연남동의 중국집에 갔다. 메밀로 만든 면발의 중국식 냉면을 계절 메뉴로 개시했다길래 셋 다 같은 걸 시켰다.

그래서 이제 어떻게 할 건데?

프랜이 정키에게 물었다.

정키는 냉면 국물을 마시고 핸드폰을 들여다봤다. SNS를 뒤적거렸지만 별 소득이 없었다.

전날 새벽 세 사람은 모두 취했고 즤의 일행이 집에 갈 때까지 남아 있었다. 즤가 그들의 테이블로 왔을 때 정키가 고백할 게 있다고 말했다.

여자 친구가 결혼해.

너 결혼해? 지우가 말했다.

아니……. 정키가 중얼거렸다. 결혼한다고. 다른 사람이랑.

정키와 그의 여자 친구 엘은 4년을 사귀었는데 최근 들어 자주 만나지 못하고 연락도 뜸해졌다고 했다. 헤어지는 과정인가 생각했지만 이렇게 끝내기 아쉬웠고 휴가 일정이 잡히면 여행을 가기로 했다. 휴양지라면 질색하는 정키였지만 동남아의 5성급 호텔을 잡을 생각이었다. 그러던 중에 엘의 웨딩 사진을 지인의 지인 인스타그램에서 발견한 것이다. 물론 턱시도를 입은 남자는 정키가 아니었다.

테이블에서 잠시 논쟁이 오갔다. 오랫동안 양다리를 걸치고 있었는데 몰랐다, 진작 헤어졌는데 정키가 스토커라서 혼자 사귄다고 생각했다, 웨딩 촬영 아르바이트를 한 거다, 폴리아모리다, 이 모든 게 망상 속에서 벌어지는 일이다, 가부장제에 바탕을 둔 결혼 제도를 혁파하라, 거액의 생명보험을 노리고 한 결혼이다, 남자는 이제 죽은 목숨이다…….

정키는 엘과 연락이 안 된다고 했다.

그냥 말할 타이밍을 놓친 거야. 프랜이 말했다. 꺼내기 어려운 얘기잖아.

해킹해. 킈가 말했다. 인스타 비밀번호 몰라? 내가 해킹하는 방법 알려 줄까? 그 말을 들은 지우가 벌떡 일어나 킈의 뺨을 때렸다. 방구석에 처박혀 책만 읽는 새끼 만나 줬으면 고맙다고 해야지, 뭐가 어째! 테이블의 술병이 와르르 쓰러졌다.

냉면을 다 먹은 세 사람은 잠깐 산책을 했다. 먼지에 가린 희미한 빛이 골목으로 꺾여 들어왔다. 택배 차량이 그들을 지나쳐 멈췄고 앞치마를 한 중년 여자가 마당에 물을 뿌렸다. 마르고 어린 황색 고양이가 담 위에서 기지개를 켰다. 지우는 결혼 제도나 사랑이라는 이데올로기가 끼친 폐해와 낭비에 대해 생각했다. 결혼하자고 졸랐던 연상의 첫 남친을 떠올렸고 (지우는 그때 겨우 스무 살이었다.) 좋아하는 아이돌에 대해서도 생각했다. 상상적 연애도 이성애라고 할 수 있을까.

NE: 사람들이 어떤 상황을 현실이라고 정의하면 그 상황
은 결과적으로 현실이 된다

불가사의한 나날이었다. 물속에 잠긴 듯 먹먹하고 중력이
부재하고 힘과 의지는 기능을 상실했으며 어떤 흐름, 몽상과
탐색, 안락함과 불현듯 찾아오는 불안이 교차했다. 나는 종종
생각했다. 미신 파괴자들이 하는 일은 뭘까. 이들은 실제로
존재하는 걸까. 소속도 활동 영역도 불명확한 점조직이 일정
한 거처를 두지 않고 옮겨 다니며 스팸 같은 정보를 끌어모은
다. 미신 파괴자들의 방식은 음모론자들과 닮아 있다. 의심스
러운 정황을 포착하고 의미를 알 수 없는 파편적인 사실로부
터 하나의 완결된 서사를 이끌어 낸다. 이것을 공적 시스템에
속한 업무라고 할 수 있을까.

지금 내가 근무하는 곳은 트빌리시의 바케 지역에 있는 동

물 병원 2층 복도 끝의 사무실이다. 외벽이 유리로 된 직사각형 형태의 건물로 구소련 시절 체코의 유명 건축가가 설계했다고 한다. 당시에는 지식인들의 세미나가 분기별로 열리는 장소였지. 건물 관리인이 말했다. 지난 세기부터 건물을 관리해 온 그는 새하얀 머리칼을 가진 노인으로 초소에 앉아 방문객을 노려보는 것 말고는 하는 일이 없었다. 나와 내 상관인 미신 파괴자들을 동물 병원 마케팅 담당 부서원이라고 생각했고 볼 때마다 20세기 후반 동유럽에 처음 송출된 펩시 콜라 광고 얘기를 했다. 광고의 핵심은 펩시를 마신 알파 원숭이가 지프차를 타고 해변을 드라이브하는 거지만 더 기억에 남는 건 보조석에 있는 진화에서 도태된 원숭이었다네. 그 원숭이는 루빅스 큐브를 맞추고 있었지. 뒷좌석에는 가슴골을 드러낸 인간 여성들이 앉아 있고 창밖에는 플로리다의 기름진 파도가 넘실거렸지만 원숭이는 큐브에만 집중했다네. 관리인이 말했다.

그 원숭이가 바로 나야.

큐브 신동이었던 그는 1982년 부다페스트에서 열린 제1회 세계큐브선수권대회에 참가했다. 압도적인 실력으로 우승했고 그 덕에 시험도 보지 않고 대학에 입학했다. 그러나 그의 행운은 거기까지였다. 그에게 다른 자질은 없었다. 그는 순수 큐브 천재였고 다른 모든 것에 무관심했다. 끔찍할 정도로 게을

러서 수업도 가지 않았고 친구들과 약속도 잡지 않았다. 세금
도 내지 않고 전화도 받지 않고 씻지도 않고 심지어 먹는 것
도 깜박했다. 나도 내가 왜 그러는지 몰랐지. 심각한 상황이라
는 사실도 인지하지 못했다네. 사람들은 나중에야 그가 병에
걸렸다는 사실을 알았다. 아불리아(Abulia), 무의지증. 무의지증
은 전두엽 또는 뇌 기저핵의 병변 등으로 생기는 신경 질환이
다. 물론 그는 병에도 관심 없었다. 단지 고개를 끄덕이며 큐브
를 맞추기만 했다. 사람들은 그에게 최소한의 일만 해도 되는
직업을 찾아 줬다. 관리인은 건물 관리에 잘 적응했다. 비록
불을 끄거나 문을 잠그는 걸 깜빡 잊곤 했지만 말이다.

부다페스트의 호텔 방 티브이로 프랭클린 샤프너의 「혹성
탈출」을 봤지. 관리인이 말했다. 네? 큐브선수권대회 때 말이
야. 토카이를 마셨는데 아직도 그 맛이 혀끝을 맴돌아.

큐브를 돌리며 인생에서 무슨 일이 일어나기를 기다렸어.
관리인이 말했다. 아무 일도 일어나지 않았다네.

우리 팀은 나를 포함해 총 세 명이었다. 매번 다른 신분으
로 위장하고 사건과 가까운 위치의 건물에 세를 들었다. 나
는 직속 상관인 에프와 지를 제외하고 미신 파괴자와 관계된
누구도 만나지 못했고 연락을 취하지도 않았다. 신분증도 없
고 정부 소속의 미신 파괴자라는 얘기도 할 수 없었다. 우리

가 스파이도 아니고 왜 이렇게 움직여야 하는 거죠? 에프와 지는 대답하지 않았다. 그들은 말수가 적고 행적이 모호했다. 지는 담배를 사러 나가서 3박 4일 동안 돌아오지 않았다. 연락도 안 됐지만 에프는 걱정하지 않았다. 돌아온 지는 아무런 설명도 하지 않았다. 나는 질문하지 않는 법을 배웠다. 그들의 행적을 추측하거나 짐작하지도 않았다. 대신 상상했다. 지와 에프가 벌인 일을, 그들이 휩쓸린 음모나 모험, 수사를 상상하는 게 훨씬 마음 편했다.

지는 실크로 만든 어두운 색 셔츠와 깃을 세운 재킷을 입고 다녔고 성불구라는 소문이 돌았다. 동물 병원 간호사들의 루민트에 따르면 마약 탐지견에게 페니스를 물렸다는데 왜 일류 경찰견이 수사관의 성기를 물었는지에 대해서는 다들 쉬쉬했다. 지는 대변기 칸에서 소변을 봤고 이러한 습관 역시 소문을 키우는 데 일조했다. 에프는 지가 성불구인지 아닌지 확인하고 싶다는 생각을 가끔 했고 그 이유가 그와 자고 싶어서인지 자고 싶지 않아서인지 혼란스러웠다. 에프는 화상으로 영구 손상된 붉은 머리칼을 묶고 다녔고 지나가는 곳마다 그을린 머리칼을 떨어뜨렸다. 동물 병원의 유기견들은 에프를 보면 배를 바닥에 대고 머리를 조아렸다.

내게 주어진 업무는 로어 덤프(lore dump)를 수집하는 일이다. 로어 덤프는 음모론의 세계관을 형성하는 정보 더미를 일컫는 말이다. 다양한 형태의 데이터가 온라인과 오프라인에 산개되어 있었고 그곳에서 정보를 추출하고 구성해야 했다. 에프는 추출과 구성이 구분되지 않을 거라고 말했다. 그것은 음모론의 정보가 의미를 원천으로 하기 때문이었다. 모든 의미는 사후적으로 구성된 거야. 에프가 말했다. 물론 이건 에프의 개인적인 견해이긴 하지만 참고할 만한 이야기였다. 인류학자 클리포드 기어츠는 인간이 가장 참을 수 없는 것이 개념에 대한 위협이라고 했다. 이 위협을 '혼돈'이라고 부른다. 혼돈은 왜 우리가 일하고 행동하고 살아야 하는지, 세상에 무슨 의미가 있는지 잃어버리는 것을 뜻한다.

혼돈의 경험은 크게 세 가지로 정리된다. 인지적 능력을 뛰어넘는 경험, 감정적 인내력의 한계를 넘어서는 경험, 도덕적 이해를 벗어난 경험. 혼돈을 경험한 사람들이 음모론을 상상하게 되지. 에프가 말했다. 음모론은 이해할 수 없는 현실을 자신만의 방식으로 설명해 주니까.

그러니까 음모론자의 관점에서 데이터에 접속해야 한다. 상상과 추론, 서사와 논증이 구분되지 않는 정신의 영역 안으로 들어가야 로어 덤프를 찾을 수 있는 것이다.

여기서 잠깐 음모의 구성 요건을 알아보자. 모든 음모가 이 조건에 포함되진 않지만 이것은 미신 파괴자들이 규정한

최소한의 정의다. 음모는

    a. 힘을 지닌

    b. 둘 이상의 사람이(집단)

    c. 뚜렷한 목적을 위해

    d. 비밀리에 계획을 짜서

    e. 사건을 일으키는

것이다. 음모는 거의 모든 곳에서 일어나거나 일어나는 것으로 상상된다. 애덤 스미스는 『국부론』에서 "시장은 음모로 나아가는 경향이 있다."라고 말했다. "동일 업종에 종사하는 이들은 서로 만나는 일이 드물지만…… 대화는 거의 대중의 이익에 반하는 음모나 가격을 올리기 위한 어떤 계략으로 끝나기 마련이다." 미하일 세체는 음모를 "권력 유지나 획득을 목적으로 비밀스럽게 진행되는 집합 행동"으로 정의한다. 이 경우에는 음모 또는 음모론이 정치적 행위에 한정된다.

그러나 역시 문제는 대부분의 음모가 상상된다는 것이며 상상된 음모, 곧 음모론이 현실에 영향을 끼친다는 사실이다. 현실에 영향을 끼친다는 말은 현실이 된다는 말과 다름없다. 미국의 사회심리학자 윌리엄 아이작 토머스와 도로시 스웨인 토머스는 1928년에 발표한 논문에서 상황 정의라는 개념을 주장했다. 사람들이 어떤 상황을 현실이라고 정의하면 그 상황은 결과적으로 현실이 된다. 후에 로버트 머튼에 의해 자기

충족적 예언이라는 말로 재정의되는 이 개념은 한때 자기 계발의 슬로건이었지만 지금은 음모론의 표어가 됐다. 자기 계발=음모론? 현실에 만족하지 못한 사람들은 대안 현실을 상상한다. 대안 현실이 그대로 실현된다면 차라리 괜찮을 것이다. 하지만 현실은 언제나 예상을 초과한다. 다시 말해 음모론은 현실의 일관성을 어지럽힌다. 미신 파괴자의 세계에는 이런 말이 있다. 하나의 음모론은 괜찮다. 그러나 그 이하나 이상은 좋지 않다.

#lore dump

메네 메네, 데겔 우바르신

인도주의 양파 연합

착한 빌 게인스는 중얼거린다. 나는 아무짝에도 쓸모없어. 내가 뭘 하는지 나도 모른다는 걸 이해해 줄 사람 없어?

월드 게임에 오신 걸 환영합니다

존재론적 행(방)불(명)

환각은 또 다른 육체가 몸을 관통하여 비스듬하게 기어가는 느낌

SE: 런치타임

　현실적으로 쥐뿔 아무것도 없는 사람이 예술로 뭐가 되려면 공모전 말고는 방법이 없다고 프랜은 생각했다. 물론 예외는 있다. 메타북스의 헤드 매니저 유진의 후배는 맥락도 없이 1인 출판사를 차리고 에세이를 출간했다. 책은 70만 부가 팔렸고 후배는 맥라렌을 끌고 나타나 유진과 유진의 동료에게 선물을 줬다. 캘리포니아에 기반을 둔 헬스 케어 웰니스 브랜드 '나나(NANA)' 제품으로 미량의 두꺼비 독이 함유된 명상 보조 음료라고 했다. 유진의 후배는 빈티지한 스웨트 셔츠를 입고 우거진 수풀을 배경으로 가부좌를 틀고 음료를 마시는 모습을 인스타그램에 업데이트했다. #협찬 #자연 #명상 #더나은삶 #웰니스……

두꺼비 독?

파이브-메톡시디메틸트립타민. 일명 신의 분자예요.

그게 뭐야?

후배는 쉿 하며 검지를 입술에 댔다. 건강 보조 식품으로 알아 둬요. 지금은 향정신성 약물로 분류되지만 중독성이 없고 부작용이 적어서 외국에선 치료제로 쓰인다고 후배가 말했다. 존스홉킨스 대학 연구 팀의 분석 결과 우울증 개선에 도움이 된다나. 나나는 어쭙잖은 다단계 브랜드가 아니라 실리콘밸리의 투자자들이 눈여겨보고 있는 차세대 기업이라는 말도 덧붙였다. 나나가 무슨 뜻인지 아세요? 아프리카의 전통 여성 주술사이자 치료사를 일컫는 말이에요. 나나의 창업자는 아프리카와 남아메리카에서 아야와스쿠에로 (ayahuasquero)로 활동한 마리아 플로렌시아 볼리니로 온갖 유명인들이 그에게 퍼스널 테라피를 받았다.

돈 주고도 못 구하는 거예요.

소노라 사막에 서식하는 이 두꺼비는 1년의 반 이상을 지하에서 살며 겨울에만 굴에서 나와 교미를 한다. 마리아는 멕시코 북부에 캠프를 차리고 직접 두꺼비를 잡아 독을 짜냈다. 별로 어렵지 않아요. 빛을 비추면 가만히 있으니까 잡아서 분비샘을 누르면 되죠. 분비샘은 목 양옆이랑 다리에 있어요. 찍.

후배는 마리아에게 직접 들은 얘기라며 신이 나서 말했다. 유진은 후배를 마음속 깊은 곳에서 혐오했기 때문에 선물이 탐탁지 않았지만 동료는 무척 좋아했다. SNS에 후배의 에세이를 업데이트하고 태그까지 걸었다. 자기 후배도 아니면서 말이다.

싫으면 저 주세요.

프랜이 유진에게 말했다. 프랜과 유진은 직원 식당에서 점심을 먹고 커피를 테이크아웃했다. 초여름이었고 오전까지 비가 왔다. 여전히 먹구름이 가득했다. 남쪽으로 짙은 감빛 하늘이 보였고 축축한 바람이 코를 간질였다. 구름 사이로 잠깐 들어온 해가 건물 유리창에 반사되어 골목에 일렁이는 빛 그림자를 만들었다. 프랜은 지금 같은 날씨가 좋았다. 흐림과 맑음의 틈새에 잠깐 나타났다 사라지는, 비 오기 직전이나 직후에 잠시 볼 수 있는 기상 현상. 이런 날씨는 모든 좋은 것이 그렇듯 오래 지속되지 않았다. 이런 날 유진과 함께 걷는다는 사실이 좋았다.

유진은 프랜이 메타북스에서 가장 좋아하는 사람이다. 면접에서 프랜을 뽑은 사람이며 메타북스의 실질적인 책임자다. 화를 내는 모습을 본 사람이 없는데 메타북스의 난잡한 체계와 소란을 생각하면 기적 같은 일이다. 그는 품이 넉넉한 울 팬츠에 화이트 스니커즈를 신었고 화장을 거의 하지 않았다. 다소 중산층 좌파 부르주아의 모범 사례를 따라가는 면이 있으나 2020년대 한국 사회에서 그 이상을 요구하는 건 무리라고 프랜은 생각했다.

유진은 프랜에게 몇 가지 당부할 게 있다고 했다. 업무에 관해서는 특별히 할 말이 없다. 바뀐 서점의 체계가 당황스러울 수 있지만 프랜은 잘 해내고 있다. 다만 프랜의 태도에 불만이 제기되고 있다. 직장 동료, 상급자, 손님, 타 매장 직원……. 사실상 메타북스 내에서 프랜이 마주치는 거의 모든 사람이다. 프랜은 약간의 당혹감과 짜증을 느꼈다.

정확히 뭐가 문제인지 말해 주세요.

먼저…… 유진은 잠시 말을 멈췄다가 이야기했다. 프랜이 금연 구역에서 담배 피우는 모습을 봤다는 제보가 있었다.

흡연 구역은 지구 끝이잖아요. 쉬는 시간 동안 갔다 올 수도 없어요.

프랜이 억울함을 토로했다.

질문에 제대로 대답하지 않는다는 얘기도 있었어.

그건 오해예요.

손님이 무라카미 하루키 책 어딨냐고 물으니까 교보문고에 있다고 했다면서.

그건 사실이잖아요……라고 프랜이 기어들어 가는 목소리로 말했다. 유진은 추궁하려는 목적이 아니라고 했다. 그랬다면 문서화해서 공유하고 따로 자리를 마련했겠지. 그러고 싶지 않다는 게 유진의 입장이었다. 사소한 것일 수도 있지만 심각한 문제가 될 수도 있어. 유진이 말했다. 그래서 공적인 문제로 만들기 전에 프랜이 행동하길 바란다고 말이다. 프랜은 고개를 끄덕였다.

그리고 회사에 대한 이야기도 조심하는 게 좋아.

어떤 이야기요?

글쎄……. 대표님에 대한 이야기라든가. 관련된 것들 있잖아. 유진이 평소의 그답지 않게 조심스럽게 말했다.

아…….

일종의 음모론 같은 건데 그런 걸 얘기하는 게 좋아 보이진 않아.

네.

프랜이 대답했다. 잭슨 주와 메타플렉스, 메타북스에 대한 이야기는 모두가 쉬쉬하지만 이미 알 사람은 다 아는 이야기였다. 용산의 커다란 부지에 들어섰다는 것부터 정권과의 유착 관계가 아니면 설명하기 힘들었다. 여기에 청와대와 검찰, 국회의원과 해외 자본이 엮인 섹스 스캔들, 마약 파티, 세계적인 IT 기업인이 속한 종교 집단과 남한 유력가의 손자, 예술가, 연예인과 무속인의 관계 등이 생체 실험과 생화학 테러, 핵전쟁, 악마 숭배, 존 에프 케네디 주니어의 가짜 죽음, 동남아 여행을 간 어느 대학생의 실종과 남영동의 외계인 시설, 아나톨리 포멘코의 다수 이론까지 이어졌다. 프랜이 이런 이야기를 믿는 건 아니었다. 그는 단지 궁금할 뿐이었다. 어디까지 진실이고 어디까지 거짓인지, 사람들이 왜 이런 이야기에 빠져드는지. 말도 안 되는 헛소문, 음모, 스캔들을 사실이라고 믿고 성명을 발표하고 시위에 나서고 분노를 터뜨리는 이유는 뭘까. 이런 현상을 단순히 거짓이나 광기, 어리석음으로 치부하고 밀어 둬도 되는 걸까. 정말 숨겨진 진실이 있는 건 아닐까. 하지만 지우나 정키는 프랜에게 그런 문제는 멀리하라고 말했다. 음모론을 진지하게 고민하는 건 지성의 부족이나 무딘 취향을 뜻하는 것이기 때문에 무시하는 것 말고 다른 태도를 취하는 건 위험하다고 말이다.

유진과 프랜은 플라워숍에 들어갔다. 유진은 매주 월요일 아침 새로운 꽃을 배달받아 자리에 꽂았다. 특별한 일이 없어도 꽃을 사서 주변 사람들에게 선물했다. 식물 킬러에 가까운 프랜과는 전혀 달랐고(그녀가 키우는 식물들은 이유도 없이 죽었다.) 프랜은 본받고 싶다고 생각했지만 아직은 때가 아니었다. 뭔가를 돌보는 일에는 상상 이상의 준비가 필요하다. 그건 준비나 결심만으로 되는 일은 아니었고 자신이 통제할 수 없는 우주의 작용에 의해 발생하는 일 같기도 했다. 아니면 단지 내가 빌어먹을 이기주의자라서 그런 걸지도 몰라.

플라워숍에는 필립이 있었다. 필립은 헤드 매니저로 잭슨 주를 제외하면 유진과 함께 메타북스에서 가장 중요한 위치에 있는 사람이다. 40대 초반의 시인이자 소설가로 동양인 최초로 프랑스 3대 문학상 중 하나인 메디치상을 수상한 걸로 유명하지만 프랜은 그의 책을 한 번도 읽지 않았다. 상을 받고 화제일 때 서점에서 펼쳐 본 적 있지만 젠체하는 분위기가 짜증 나서 바로 덮었다.

필립은 아버지에게 드릴 꽃을 고르고 있었다. 독재 정권에 저항한 유명 언론인이었던 그의 아버지는 초창기 페이스북 인플루언서로 활동하며 여러 여자에게 치근대는 걸로 말년을 보냈고 얼마전 다발성 경화증으로 쓰러졌다. 필립은 아버지와 연을 끊고 살았지만 이번 일을 계기로 화해하게 됐다고 말했다.

진짜 화해한 건 아니고.

필립이 말했다. 그는 마르고 키가 크고 제 나이보다 훨씬 늙어 보이는, 그러나 신체적으로 늙었다기보다 너무 오래 살아서 영혼이 탈수된 느낌을 풍기는 사내였다. 지적이고 권태로운 말투를 구사했는데 프랜은 약간 질색하는 말투였다.

그럼. 챠오.

…….

왜 챠오라고 인사하는 거예요?

필립이 사라지자 프랜이 유진에게 물었다.

파리에서는 그렇게 인사한대. 메타북스 오기 전에 파리에 10년 정도 있었잖아.

하…….

프랜이 고개를 저었다. 그는 대구 출신이었고 메타북스에 오기 전까지 외국에 살다 오거나 유학을 생각 중인 지인이 손에 꼽을 정도로 드물었다. 그런데 여기 오니 외국이 코앞에 있는 것처럼 느껴졌다. 다들 유학파거나 체류 경험이 있었고 교포도 여럿 있었다. 프랜은 아직 남한을 벗어난 적이 한 번도 없는데 말이다.

마약 주스는 주는 거죠?

대신 드라마 작가 되면 너도 나한테 선물해 줘.

유진이 프랜에게 말했다. 뭘 받고 싶은지 프랜이 묻자 그건 그때 생각하자고 했다. 그때 생각하자……. 좋은 말이지만 프랜은 지금 생각하지 않으면 안 된다고 생각했다. 그때가 되면 욕망은 달라질 것이기 때문이다. 우리를 둘러싼 환경도 변하고 약속이나 다짐, 상상이나 꿈은 헌책처럼 창고에 처박힐 것이다. 그러니 지금 구체적으로 상상해야 한다. 구체적인 건 무엇이나 현실이니까. 미래는 시간이 아니라 꿈속에 있다. 프랜의 입에서 여러 말이 맴돌았으나 유진에게 할 순 없었다. 이런 헛소리를 직장 상사에게 지껄일 순 없지 않나. 그 정도 상식은 있다고 프랜은 스스로에게 말했다.

뭘 중얼거려?

아니에요.

사실 프랜은 최근 몇 달간 대본 작업에서 손을 놓고 있었다. 공모전을 통과해서 기획안을 돌리고 편성이 확정되고 작품을 제작하는 모든 과정을 생각하면 구역질이 났다. 어떤 일은 경험하지 않아도 알 수 있는 법이다. 프랜은 자신이 원하는 걸 진심으로 원하는지 알 수 없었다. 메타북스에 들어온 후 생각이 변한 걸지도 모른다. 프랜은 단지 말들을 떠돌게 하고 싶었다. 대단한 예술 작품, 베스트셀러, 히트작, 영원불멸의 클래식 따위를 만들고 싶은 게 아니라 어떤 생각, 아이디어, 논평, 꿈, 일상, 작은 이야기, 사소한 논쟁 들이 우리 주변을 맴돌며 하루하루를 즐겁고 슬프게 스치고 사라졌으면 했다. 이게 뭘까? 이건 어떤 종류의 꿈일까? 프랜은 명확히 설명할 수 없었고 누구도 이해시킬 수 없었다. 자신도 이해하기 힘들었고 어느 날에는 드라마를 써야겠다고 생각했고 어느 날에는 다시 연기를 해야겠다고 생각했다. 그러나 신통한 건 아무것도 없었다. 무엇도 완전히 마음에 들지 않았고 마음에 드는 것은 오직 순간적인 것뿐이었다.

NE: 「월드 게임」에 오신 걸 환영합니다

한번은 「월드 게임」이라는 흥미로운 프로젝트에 참여했는데 캘리포니아 프로그래머, 철학자, 엔지니어, 소설가 들이 모여 컴퓨터에다 세상을 시뮬레이션한 거였어. 벅민스터 풀러가 1966년에 내놓은 아이디어였는데 골 때렸지. 겉으로는 기후 재앙이니 세계 대전이니 운운하면서 인류의 평화와 번영을 위한 시뮬레이션이라고 했지만 사실 마음속 깊은 곳의 욕망을 누를 수 없었던 거야. 계산의 끝판왕, 내가 인과의 끝장을 보겠다, 누구도 상상할 수 없고 생각할 수 없던 모든 가능성의 연합을 하나의 줄기로 통합해 내겠다. 버키의 제자이자 수석 프로그래머인 쇼지 사다오는 「월드 게임」의 성공을 위해 자신의 생체 정보를 동기화했어. 그의 세포가 비트로 치환

되고 프로그래머들에 의해 코딩됐지. 한 사람이 곧 세계다? 무슨 말인지 알겠어? 프로그래머들은 「월드 게임」에서 여러 변화를 시도하고 그것들이 세상에 미치는 영향을 예측할 수 있었어. 세상 안에 세상을 만들어 놓은 거지. 단 하나의 입자까지 완전히 동일한 세계. 그런데 문제가 생겼어. 갖은 고생 끝에 구현은 했지만 문제는 「월드 게임」을 관찰하거나 조작하는 순간 생겨났어. 단 한 번의 관찰이나 조작만으로도 세계는 다른 방향으로 흘러가 버렸어. 원래의 세계를 예측하기 위해 만든 건데 원래의 세계와 달라져 버리는 거야. 그러니까 「월드 게임」으로 원본의 세계를 예측할 수 있는 건 오직 단 한 번뿐이라는 거지. 그 사실을 깨달은 프로그래머들은 쇼지 사다오에 이어 부수석 프로그래머를 컴퓨터에 갈아 넣은 후 「월드 게임」을 봉해 버렸어. 아무도 보지 못하게. 지금 이 순간에도 「월드 게임」은 세상과 100퍼센트 동일한 형태로 진행되고 있을 거야. 우리가 그 과정을 관찰할 순 없지만 말이야.

NE: 온톨로지

트빌리시의 바케 지역에 있는 바이러스블로카다라는 작은 규모의 보안업체에서 이스탄불에 있는 고객 컴퓨터 한 대가 무한 재부팅되는 현상을 보고받는다. 연구원인 카투나 므슈비도바제는 무한 재부팅의 원인을 분석하다가 매우 독특한 악성 코드를 발견한다. 루트킷(rootkit)을 기반으로 한 멀웨어로 드로퍼를 설치해 정보를 빼내고 루트킷과 다운로더를 주입하는 것까지는 일반적인 것과 유사했다. 독특한 점은 이후 멀웨어가 다운로드한 페이로드였다. 이 페이로드는 사용자가 이용하는 이메일, 웹사이트 따위의 텍스트를 눈치챌 수 없게 조금씩 바꿨다. 므슈비도바제는 감염된 컴퓨터로 클릭한 기사의 선거 결과가 뒤바뀌고 《네이처》에 게재된 논문이 조작된 걸 확인했다.

"전혀 처음 보는 종류의 악성 코드였습니다." 므슈비도바제는 말했다. 그는 암호를 풀고 IDA Pro를 이용해 리버스 엔지니어링을 했다. 두 달에 걸친 지난한 과정 끝에야 캠페인 코드를 발견할 수 있었다. 캠페인 코드는 어떤 버전이 어떤 컴퓨터에서 동작하는지 분류해 놓은 해킹 분류 코드다. 그가 발견한 건 '더서브리미널키드(Thesubliminalkid)'였다. 더 서브리미널 키드는 선풍적인 인기를 끌고 있는 생태주의 인디 게임 「어니언 아일랜드(Onion Island)」의 NPC 캐릭터 이름이다. "제가 이 캠페인 코드를 알아볼 수 있었던 건 그날 점심을 먹은 뒤에도 이 게임을 했기 때문이에요."

지와 에프는 음모론의 중심에 인도주의 양파 연합과 죽은 혼 거래가 있다고 짐작했다.

a. 인도주의 양파 연합은 멸종 위기의 양파를 보호하기 위해 전 세계를 떠도는 주인공을 플레이하는 게임 「어니언 아일랜드」에서 시작된 집단으로 알려져 있다. 「어니언 아일랜드」는 그레이트 주드 주니어, 줄여서 주주라는 이름의 개발자가 만든 것으로 사실은 암호와 지령으로 이루어진 비교 집단의 예언서라는 소문이 있었고 게임을 클리어하기 위해선 특정 코드 연합인 「월드 게임」 확장팩을 설치해 증강 현실판인 「어니

언 월드」에 진입해야 했다. 문제는 「어니언 월드」에 진입하려면 존재론적 행불자가 되어야 한다는 사실이었다.

b. 죽은 혼 거래는 존재론적 행불자들의 데이터를 놓고 일어나는 전자 상거래를 뜻한다. 존재론적 행불자들은 현실의 일관성을 어지럽히기 때문에 단속 대상이었다. 진리예방정책국은 이들을 잡아 복구시키거나 영원히 현실 밖으로 추방했다. 추방된 행불자들은 현실의 현실에 관여하거나 나타나지 못한 채 자기만의 현실 속에서 살아가야 했다.

sum (a, b): 인도주의 양파 연합 멤버인 존재론적 행불자들은 「어니언 월드」를 클리어한 내용을 토대로 현실에 「월드 게임」의 파생품을 늘리는 게 목적이었는데 이를 위해서는 죽은 혼 거래가 필요했다. 거래 건수가 늘어날수록 스스로 존재론적 행불자가 되는 사람이 늘어났고 당국은 이 사태를 심각하게 여겼다. 국가에서 관리할 수 있는 의미와 인구는 줄어들고 다른 세계의 물량은 폭증했다. 세상이 뒤집힐 거야.

음모론의 물량이 「월드 게임」과 죽은 혼 거래 물량 증가와 관련 있다는 확신은 없었다. 다만 음모론이 현실에서 탈구되어 존재론적으로 빈곤해진 이들의 인지적 매핑이라는 정의가 맞다고 가정하면 존행불들의 행위 패턴과 일치하는 지점이 발생했다. 문제는 그와 반대로 음모론이 기대 지평과 현실

지평의 간극을 관리하기 위해 주류가 만들어 낸 담론의 실패를 폭로하고 있다고 가정한 경우에도 패턴이 일치한다는 사실이었다. 그렇다면 존행불을 어떻게 정의해야 하는 걸까. 편집증자? 반군? 비판적 지식인? 아니면 모두? 에프와 지는 이런 현상을 절합이라고 불렀다. 인도주의 양파 연합은 절합을 이용해 세를 넓혀 가고 있는 게 분명했지만 확실한 연관 관계를 밝히기 위해 인양연의 멤버를 한 명이라도 확보해야 했다. 가장 확실한 건 주주를 잡는 일이었지만 그에 대해선 알려진 내용이 거의 없었다. 유력한 용의자인 전직 기자는 대변인으로 활동했던 공화국의 대통령이 실각하자 적도기니로 망명했고 약물 과다 복용으로 모로코의 싸구려 호텔방에서 시체로 발견됐다. 에프와 지가 직접 사망증명서와 무덤까지 확인했다.

확실한 건 죽은 혼 거래가 반드시 오프라인에서 일어난다는 사실이었다. 왜 딥웹이나 다크넷이 아닌 오프라인에서 데이터를 주고받지? 지와 에프는 이 사실을 받아들이는 데 오랜 시간이 걸렸다. 나 역시 마찬가지다. 처음 들었을 때는 이해가 되지 않았다. 더 위험하고 번거롭고 비효율적인 일을 왜? 지와 에프의 끄나풀인 착한 빌 게인스는 그건 딥웹의 구조와 관계 있다고 설명했다. 아래는 착한 빌 게인스의 친절한 설명이다.

다크넷의 8단계

- Surface Web

- Bergie Web

- Deep Web

- Charter Web

- Mariana's Web

- Level 6

- The Fog/ Virus Soup

- The Primarch System

여기까지는 익숙하게 알려진 내용이죠. 사람들이 일상에서 접하는 서페이스 웹이 있고 아래로 내려갈수록 더 비밀스럽고 광대한 다크넷의 세계가 열린다……. 그러나, 착한 빌 게인스는 말한다. 이런 비유는 처음부터 잘못됐다! 다크넷이 프로이트가 말한 무의식의 빙하처럼 수면 아래 감춰져 있다거나 지옥처럼 어둠 속에 있다는 건 오해예요. 이렇게 생각하면 고정관념 때문에 바로 눈앞에 있는 것도 못 봅니다. 우리는 존재를 깊이의 개념으로 나누죠. 아시죠? 겉과 속, 외면과 내면, 심연, 마음속 깊은 곳에서 우러나오는 진심. 그러나 웹의 세계는 이러한 구분이 통하지 않아요. 각 단계는 동일한 수준의 표층에 흩어져 있어요. 깊이의 관점에서 보면 차이가 없는 거죠. 단지 접근 경로나 방식이 다른 거예요. 쉽게 비유해 보겠습니다. 서페이스 웹이 걸어서 갈 수 있는 장소라면 딥 웹은 자동차를 타야 갈 수 있는 장소예요. 또는 회원제 클럽과 퍼블릭 서비스 공간. 아니면 구글맵에 등록된 식당과 구글맵에 등록되지 않은 식당. 어느 쪽이 더 맛있냐고요? 먹어 보기 전까지는 알 수 없죠. 어느 쪽이 더 진정성 있고 더 프로다운 요리를 선보이냐고요? 그것 역시 알 수 없죠. 하지만 깊이의 개념으로 문제에 접근하면 먹어 보기도 전에 결론을 내리게 됩니다. 진짜는 더 아래, 숨겨진 곳에 있는 거야. 알려지지 않은 맛집이 진짜 맛집이다! 반대 경우도 마찬가지죠. 유명한 곳이 더 믿을 만해! 제 말은 둘 다 아니라는 겁니다. 여기까지 이해 안 된 사람? ……. 하지만 진짜 중요한 건 마리아나스 웹입니다. 여러분이 알고 싶은 게 그거죠. 죽은 혼 거래. 마리아나스 웹은 가장 깊은 곳에 있는 프라이마크 시스템보다 사실상 더 감춰져 있는 전설 속의 웹이에요. 왜 마리아나스 웹이 찾기 힘든지 아는 사람? ……. 왜냐…… 마리아나스 웹은 사실 오프라인이에요.

그럼 웹이 아니야?

아니죠. 마리아나스 '웹'.

방금 오프라인이라며.

오프라인에 있는 '웹'.

……

그치만 생각해 보세요.

뭘?

웹은 원래 오프라인에 있는 거예요. 에어갭이 왜 가장 강력한 보안 기술 중 하나인 줄 아세요? 네트워크가 오프라인상에서 물리적으로 분리되어 있기 때문이에요. 사실상 기술이라고도 할 수 없죠. 그냥 폐쇄적인 시스템을 따로 만든 거니까. 스턱스넷 알파가 사상 최악의 멀웨어인 이유가 여기 있어요. 지멘스 소프트웨어 엔지니어들을 감염시켜 숙주로 만들었으니까. 다시 말해 마리아나스 웹의 세계에서는 디지털과 아날로그의 구분이 무의미합니다. 로직과 컨트롤러가 있는 존재라면 유기체와 무기체를 가리지 않는 거죠.

……

죽은 혼 거래는 반드시 오프라인에서 이루어집니다. 이를 데드스왑이라고 하죠.

SE: 부르주아처럼 보이기를 두려워하는 것이야말로 가장 부르주아적인 것이다

책을 좋아하는 사람 중에 파티를 좋아하는 사람은 없다. 그러나 프랜은 좋아한다. 대구에서 태어나 서울의 콩만 한 원룸에 사는 처지라 제대로 된 파티를 가 본 적은 없지만 영화 속 홈파티를 보며 나는 분명 저걸 좋아할 거야 생각했다. 그러나 오프닝 파티라면 지긋지긋하다. 메타플렉스에서는 거의 매주 오프닝 파티가 열렸다. 메타북스의 직원들은 그때마다 스태프로 투입됐다. 오늘은 역대급 행사가 있는 날이었고 아침부터 욕지거리가 나왔다.

오늘의 오프닝 파티는 오래된 미군 교회를 리모델링한 갤러리와 갤러리 대표인 신신의 빌라에서 열렸다. 메타플렉스 내 최고급 주거 단지에 있는 신신의 빌라는 갤러리와 3킬로미터가량 떨어져 있었지만 잭슨 주와 신신은 거리와 이동성이 파티를 더 흥미롭게 만들 거라고 말했다.

잭슨 주는 메타플렉스 전용 가상 회의 플랫폼 메타운 (metown)에서 이루어진 전체 브리핑에서 신신과의 인연을 소개했다. 둘은 '야만스러운 새벽 클럽'에서 처음 만났다고 한다. '야만스러운 새벽 클럽'은 스위스 출신 큐레이터 한스 울리히 오브리스트와 미술가 마르쿠스 미센이 조직한 것으로 세계 주요 도시를 거점으로 아침잠이 없는 미술인들이 모여 대화를 나누는 프라이빗 소셜 클럽이다.

BRUTALLY EARLY CLUB

6.30 AM

LONDON BERLIN NEW YORK PARIS

아시다시피 잠은 더 나은 삶을 방해하는 최대의 장애물이죠. 노란색 파타고니아 패딩 자켓을 입은 잭슨 주(의 아바타)가 말했다. 뤽 볼탕스키의 연결주의 패러다임에서는 상호작용, 소통, 반응, 인터페이스가 24시간 365일 멈추지 않습니다. 요하네스버그에서 새벽 6시 30분에 만난 한스 울리히 오브리스트가 뭐라고 말했는지 아세요? 나에게 잠은 사고(accident)다. 그는 첫 책을 다빈치 수면법으로 완성했다고 합니다. 세

시간마다 50분씩 자기. 잠을 통제하는 사람이 시간을 통제한다. 흠, 흠. 잭슨 주(의 아바타)가 자세를 고쳐 앉았다.

우리는 새벽의 텅 빈 도시를 가로질렀어요. 동시대의 가장 시급한 현안에 대해 대화를 나눴죠. 가짜 뉴스, 가치 붕괴와 의미의 부재. 권위 있고 신뢰할 수 있는 무언가가 더 이상 존재하지 않는다는 사실이 사회를 수렁 속에 빠트렸어요. 잭슨 주(의 아바타)가 감상에 잠겨 말했다. 이럴 때 우리가 나서야 해요. 사람들에게 삶의 목표를 안겨 주자. 사람들이 어떤 상황을 현실이라고 정의하면 그 상황은 결과적으로 현실이 된다. 미래를 다시 위대하게 만들자.

요점을 알 수 없는 네임드로핑을 끝낸 잭슨 주는 이번 오프닝이 중요하다는 결론을 내렸다. 세계 최초의 NFT 전용 갤러리라나. 유력 기업인, 관련 부처 공무원, 컬렉터, 유명 예술가, 유튜버, 셀러브리티, 기자, 에디터 등 게스트 리스트가 서너 페이지는 이어졌다. 세계의 이목이 우리에게 집중될 거예요.

프랜은 NFT는 가상 미술품인데 왜 오프라인에 갤러리가 필요하냐고 물었다. 전체 브리핑에서 질문을 하는 사람은 언제나 프랜 하나였다. 정키는 회의 시간 길어지니까 나중에 질문하라고 했지만 프랜은 잭슨 주에게 바로 대답을 듣는 게 좋았다.

프랜. 1이더리움이 얼마죠?

글쎄요.

420만 원이에요. 그럼 이더리움의 시가 총액은?

음⋯⋯.

490조 8000억! 잭슨 주(의 아바타)가 소더비의 경매사처럼 테이블을 탕 내리쳤다.

혁신하는 방법을 혁신한 적 있나요? 잭슨 주가 물었다.

아니요⋯⋯.

혁신하는 방법을 혁신하는 걸 다시 혁신하는 건?

프랜은 무슨 뜻인지 이해할 수 없었고 대답할 수 없었지만 상관없었다. 잭슨 주는 이미 자기 이야기에 빠져 있었다. 피카소니 스티브 잡스니 스튜어트 브랜드니 하는 이름이 튀어나왔고 공돌이를 비롯한 몇몇 직원들이 고개를 끄덕이며 열심히 잭슨 주의 말을 받아 적었다.

반면 정키는 하루 종일 다른 곳에 정신이 팔려 있었다. 퇴근 후에 여자 친구인 엘을 만나기로 했기 때문이다. 물론 엘은 공식적으로 더 이상 그의 여자 친구가 아니었다. 엘은 그사이 결혼했고 신혼여행을 갔다 왔으며 서울숲 쪽에 신혼집을 마련했다. 정키는 모든 소식을 지인을 통해 들었고 엘은 여전히 전화를 받지 않았다. 즤의 말처럼 해킹을 해 버릴까, 직장에 찾아가 농성이라도 할까 생각했지만 그런 짓은 할 수 없었다. 사실 엘과 관련된 모든 일이 비현실적으로 느껴져 감정과 감각이 마비된 듯했다. 그들의 관계는 흔한 이별 절차도 없이, 끝났다는 소식도 없이 끝났다. 그런데 어젯밤 엘에게서 전화가 온 것이다. 엘은 정키가 무슨 말을 하기도 전에 울음을 터뜨렸다. 예상외의 반응에 정키의 말문이 막혔다. 사귀는 내내 한 번도 엘이 우는 모습을 본 적 없었다. 정키가 잘 지내냐고 묻자 엘은 더 서럽게 울었다. 정키 역시 눈물이 핑 돌았다. 욕을 해도 억울할 판국에 눈물이라니! 그러나 엘의 선택에 피치 못할 사정이 있을지도 모른다. 엘은 미안하다고 말했고 그 한마디에 정키는 모든 걸 용서할 수 있다고 생각했다. 엘은 내일 밤에 만나자고 했다. 모든 사정을 얘기해 주겠다는 거였다.

그러니 정키가 안절부절못하는 건 어쩔 수 없는 일이다. 정키는 갑자기 아침 드라마가 된 자신의 처지가 황당해 짐짓 웃음을 터뜨리거나 담담한 척 혼잣말을 했다. 하, 참나. 정신 차려. 그러나 담담한 사람이 혼잣말을 할까라는 의문이 들었고 다시 안절부절못하는 상태가 되었다. 프랜에게 사정을 이야기할까 고민했지만 그건 아니었다. 프랜은 연애와 관련된 고민을 심각하게 받아들이지 않았다. 이성애건 동성애건 사랑 또는 섹스에 지나치게 목을 맨다고 말했고 의식적으로 거리를 둘 필요가 있다고 했다.

프랜과 정키를 비롯한 직원들은 폴란드 전기 회사 트리고

가 만든 사륜구동 전기차를 이용해 게스트들을 갤러리로 이동시켰다. 트리고는 캡슐처럼 생긴 폭이 좁은 타원형 구체에 변형 가능한 바퀴가 달린 자동차와 오토바이, 환경오염과 환경보호 사이의 미래지향적 퍼스널 모빌리티다. 잭슨 주는 개인적으로 트리고를 구매해 타고 다녔고 저녁 7시 꽉 막힌 강변북로의 차량 사이를 달리다 CCTV에 찍혀 뉴스에 나기도 했다. 벌금을 물고 비난을 받았지만 개의치 않았다. 외려 홍보에 성공했다며 뉴스 속 CCTV 화면을 캡쳐해 트리고의 CEO에게 보냈다. CEO는 트위터에 잭슨 주의 사진을 게시했다.

This Magic Moment ♢🏠

한 무리의 아이들이 갤러리 밖에서 입김을 불어 통유리창을 뿌옇게 만들고 낙서를 하며 낄낄댔다. 네덜란드 디자이너가 제작한 교회/갤러리의 스테인드글라스로 여름의 빛이 들어와 바닥에 여러 빛깔의 도형을 만들었고 매끈한 피부를 지닌 젊은 사내 둘은 잭슨 주에게 셀카를 찍자고 요청했다. 필립은 자신을 둘러싸고 질문을 하는 사람들 사이에서 비틀거렸고 놀란 사람들에게 기면증이 있다고, 지금도 잠을 참고 있다고 말했다. 불면증이 있다고 하지 않으셨어요? 베이지색 비건 레더 셔츠를 입은 여자가 물었다. 인터뷰에서 봤는데 불면증과 난독증으로 오래 고생하셨다고……. 필립은 스마트폰 액정 화면을 확인하듯 여자를 내려다봤다. 기면증과 불면증은 동전의 양면 같은 거지요. 유진은 경비원에 의해 쫓겨나는 아이들을 보며 저 애들은 어디에서 왔을까 생각했다. 메타플렉스의 주거 단지에 사는 아이들일까, 다른 매장에 방문한 손님의 아이들일까. 안 그래도 최근 메타플렉스에서 낯선 사람들이 목격된다는 보고가 있었다. 손님도 주거민도 직원도 아닌 이들이 낮과 밤을 가리지 않고 출몰한다고. 처음에는 대수롭지 않게 생각했다. 그러나 점점 문제가 커졌고 이제는 대책이 필요한 시기가 된 것 같았다.

파티는 그 자체가 하나의 사물인 것처럼 정해진 절차대로 흘러갔고 사람들은 텅 빈 벽면과 유리창을 보며 스스로도 무슨 말인지 모를 말을 주고받았다. 자신을 무시하는 사람이 있을까 봐 눈치를 봤고 열정적으로 고개를 끄덕였다. 잠시 후 사람들 틈에서 뉴트럴 컬러의 옷을 입은 자그마한 체구의 신신이 걸어 나왔다.

신신은 앤디 워홀의 말을 인용했다. 부르주아처럼 보이기를 두려워하는 것이야말로 가장 부르주아적인 것이다. 사람들이 고개를 끄덕였다. 그런 의미에서, 신신이 말했다. 부르주아처럼 보이는 걸 두려워해선 안 됩니다. 부르주아처럼 보이는 것이야말로 부르주아적이지 않은 것이죠. 예술도 마찬가지

예요. 너무 예술 같아 보이는 걸 두려워하는 것이야말로 키치죠. 예술을 두려워하지 않는 것, 그게 바로 예술입니다.

하, 하.

프랜이 조용히 웃음을 터뜨렸다.

신신은 올해 열아홉 살이 된 과학 영재 출신의 재미 교포였다. 아홉 살 때부터 미술품을 사기 시작했는데 처음 산 작품이 재스퍼 존스의 회화였다. 아홉 살에 어떻게 재스퍼 존스의 그림을 살 수 있냐고 묻진 말자. 신신은 이 그림을 산 가격의 50배에 되팔았고(그때 나이 열여섯) 10대 후반부터 NFT를 집중적으로 공략하고 있었다.(지금도 10대 후반이지만.) 갤러리의 이름은 네이키드 킹스 런치였고(A.K.A NKL) 그가 유년 시절 가장 좋아했던 동화인 '더 엠퍼러즈 뉴 클로스'에서 착안했다고 말했다. 프랜이 정키에게 그게 무슨 동화냐고 물었다.

벌거벗은 임금님.

흠. 그게 무슨 내용인데?

몰라?

어. 유명한 거야?

진짜 몰라?

내용을 검색했지만 프랜은 처음 듣는 동화였다. 이게 유명한 동화라고? 조금 이상하다는 생각이 들었지만 충분히 있을 수 있는 일이다. 너무 많은 정보가 쏟아졌고 누군가에겐 익숙한 것이 누군가에게는 낯선 것일 수 있다. 모든 기준과 보편성이 물에 넣은 초콜릿 파우더처럼 녹아내리고 있었다. 정키는 뒷마당에 수영장이라도 있는 것처럼 업된 일군의 패거리를 보며 시간이 너무 느리게 흐른다고 생각했다. 엘에게 큰 실수를 했다는 설명할 수 없는 예감에 사로잡혔고 핸드폰 사진첩을 뒤지고 메모장과 SNS를 점검했으며 화장실에 들어가 이유도 없이 손을 씻었다. 침침한 눈을 비비며 거울을 보는데 뒤에 나타난 필립이 그의 어깨에 손을 얹었다.

너무 졸리죠?

네?

필립은 이런 만남들이 자신을 지치게 한다고 말했다. 알 수 없는 힘에 이끌려 여기까지 왔지만 자신이 원한 삶은 이런 게 아니었다고 말이다. 필립의 얼굴은 무표정하다 못해 황량했고 변기 안에서 기어나온 건 아닌지 의심스러울 정도였다. 정키는 손도 말리지 못하고 엉거주춤 서서 얘기를 들었다. 화장실에서 우연히 마주친 사람들끼리 나눌 대화는 아니었다.

지금이 몇 년도죠?

2021년이요……

필립은 품에서 오렌지색 약통을 꺼내 흰 알약 몇 개를 입에 털어 넣었다. 그리고 손에 물을 받아 약을 삼켰다.

2021년…… 그래요. 이따가 신신이 윌리엄 텔 게임을 한다는데 참여할 생각 있어요?

그게 뭔데요?

머리 위에 아끼는 물건을 올려놓고 총으로 맞추는 게임이에요.

위험하지 않아요?

인생은 한 번뿐이죠.

네?

사람은 누구나 죽고.

……

그럼 생각해 봐요. 저는 졸려서 이만. 챠오!

같은 시각, 지우는 학교 선배인 세균을 만나러 서울대입구역으로 향했다. 세균은 하버드에서 박사 과정 중이었고 잠깐 서울에 들어온 참이었다. 그는 보스턴에서 종종 지우에게 전화를 걸었다. 타이밍이 나쁘고 시간이 생뚱맞아 연락이 닿은 적은 많지 않았다. 지우는 대수롭지 않게 받아들였지만 전화를 받고 나자 이상하다고 생각했다.

한 달 전이었다. 지우는 해가 강하게 내리쬐는 한낮의 강남역 거리를 걷던 중에 세균의 전화를 받았다.

보스턴은 새벽 1시야. 서울은 몇 시야?

낮 2시요.

지우가 말했다. 통화 음질이 좋지 않았고 손에는 탄산수와 담뱃갑, 에코백 따위가 들려 있었다. 담배 피울 곳을 찾아 두리번거렸지만 눈에 띄는 곳이 없었다.

우리 잘하고 있는 걸까? 새벽 감성에 취한 세균이 낮은 목소리로 중얼거렸다.

여기서 우리가 누구인지 알 수 없었지만 지우는 네, 네 하고 대답했다. 잘하고 있죠, 선배. 그럼요.

그거 기억나? 학교에서 시베리아 기행 갔던 거.

기억나죠.

그때 바이칼 호수 봤잖아.

아…… 네.

세균은 요즘도 그때의 바이칼 호수를 떠올린다고 말했다.

내가 왜 그렇게 감동받았는지 이제 알았어.

왜요?

지우는 바이칼 호수에 전혀 감동받지 않았고 세균이 감동받은 이유를 알고 싶지도 않았지만 예의상 물었다. 사람들에게 친절하라, 그러나 그들에게 잘 보이려고 노력하지는 말라. 지우는 마음속에 간직하고 있는 금언을 떠올렸다.

그리스어에서 형상과 이데아가 보다, idein이라는 단어에서 파생된 거 알지?

아니요.

호메로스 작품을 보면 보다, 라는 뜻을 가진 단어가 아홉 개가 넘거든. horan, idein, leussein, athrein, theasthai, skeptesthai, ossesthai, dendillein, derkesthai, paptainein. 그때까지 보다라는 말이 추상화되지 않았다는 뜻이야. 예를 들면 데케스타이는 강렬하게 응시하는 시선을 뜻하는데 뱀의 눈에서 따온 말이야. 테스타이는 놀라서 크게 뜬 눈, 오세스타이는 뭔가 의심하는 눈. 모든 보다라는 단어가 특정 행위와 연결된 상태에서만 존재하는 거지. 객관적이고 초연한 시선, 이른바 관찰은 존재하지 않거나 거의 불가능했다는 거거든.

아…….

지우는 이야기가 어디로 흘러갈지 짐작할 수 없었다. 웬 호메로스? 날씨는 덥고 손에 짐이 많아서 전화를 끊고 싶었지만 세균은 그럴 생각이 없는 것 같았다.

그런데 그런 보기가 14세기에 지오토 디 본도네의 원근법을 시작으로 깨졌잖아. 과학적이고 합리적인 시각이 가능해진 거야. 시선이 개인 또는 문화, 세계에서 분리된 거지. 그걸 다시 회복시키려고 했던 게 낭만주의자들이었고 객관적인 방향으로 더욱 강화하려고 했던 게 계몽주의자들이었고…….

음……. 지우는 슬슬 세균의 말을 좇기 힘들었다. 에코백이 매달린 팔이 저려 왔고 귀에 닿은 스마트폰은 열기로 뜨거웠다. 문득 에어팟이 생각났다. 통화가 길어질 줄 알았다면 진작 끼고 통화하는 건데. 지우는 손에 든 물건을 옮기며 에코 백을 뒤적였다.

근데 계몽된 시각은 좌반구의 분리된 시선에 기초하거든. 거리, 대칭성. 그치만 너도 알다시피 대칭성은 환상이야. 아모스 트버스키 말대로 심리적 거리는 비대칭성이 특징이지. 여의도를 보고 맨해튼과 비슷하다고 생각할 수 있지만 맨해튼을 보고 여의도랑 비슷하다고 생각하지 않는 거랑 비슷해. 근데, 다시 생각해 보면 물리적인 세계를 보는 우리의 시각도 시각의 베이즈 추론이라고 할 수 있는 뇌의 착각에 사로잡혀 있는 거잖아. 우반구의……

그렇죠, 그렇죠. 지우는 고개를 끄덕이며 계속 에어팟을 찾았다. 이놈의 에어팟은 쓰려고 하면 없다니까. 한참을 찾은 뒤에야 손끝에 에어팟의 단단한 케이스가 느껴졌다. 지우는 귀와 어깨 사이에 스마트폰을 끼운 상태로 에어팟을 꺼내 뚜껑을 열었다. 그때 인도를 달리던 킥보드 운전자가 뒤늦게 지우를 발견하고 비명을 질렀다. 으악! 깜짝 놀란 지우가 바닥에 쓰러졌고 킥보드는 인도 밖으로 날아갔다. 에어팟은 케이스와 본체가 분리되어 인도 위를 데굴데굴 굴렀고 허공으로 날아간 운전자 역시 땅바닥을 굴렀다.

무슨 일이야? 세균이 말했다.

선배, 제가 이따가 전화할게요. 지우가 말했다.

사고라도 났어? 내가 도와줄까?

아니에요. 나중에 전화할게요.

지우야, 지우야!

지우가 얼른 전화를 끊었다.

시간이 지난 뒤 통화가 마음에 걸린 지우는 세균에게 전화를 걸었고 이번에는 조금 정상적인 통화를 할 수 있었다. 지우는 일부러 아침 일찍 전화했고 세균은 저녁을 먹은 직후에 전화를 받았다. 둘은 서로의 근황과 보스턴 생활과 유학 계획 따위를 얘기했다. 세균은 서울에 갈 예정인데 필요한 게 있으면 부탁하라고 했다. 면세점에서 향수 사 갈까? 지우는 마침 궁금한 자료가 있다고 말했다. 주디 밀혼이라는 사람이 참여한 1990년대 잡지인데 서울에선 구할 곳이 없고 아마존이나 이베이 사이트에도 없다고, 혹시 찾아볼 수 있어요? 세균은 그런 거라면 자기 전문이라고 말했다. 주디 밀혼? 익숙한데. 인류학자지? 아니요. 지우가 대답했다. 그 비슷한 거예요. 사실 전혀 비슷하지 않았다. 그렇지만 잡지를 구해 준다면 이 정도 립서비스는 할 수 있었다.

『세계를 어떻게 점령하고 변형할 것인가: 폭발하는 포스트 노벨을 위한 작동 지침서』에서 주디 밀혼 A.K.A 세인트 주드와 켄 고프먼 A.K.A 알유시리우스는 말한다. 이것은 소설이 아니다. 만약 당신이 포스트 노벨에 뛰어든다면 당신은 부글부글 끓고 기화되고 양극산화 되어 소리 지를 것이다. 신이시여, 저희를 구원하소서. 당신은 거울 속에서 산산이 찢기고 갈라져 책을 우걱우걱 씹고 서재에 오줌을 갈기며 중력을 거슬러 올라갈 수 있다는 상상에 사로잡힌 채 창밖으로 뛰어내려 산산조각난 정강이 뼈를 산타모니카 재활센터에서 맞추고 있는 자신을 발견할 것이다. 닥터 벤웨이는 당신에게 LSD6와 불보캡닌을 투여하며 중얼거린다. 나는 야만적 행위를 규탄한다. 와이파이를 연결하라. 범죄를 저질러라. 엉터리 맞춤법, 무책임한 신문 기사, 폭로, 신체 변형, 가짜 오르가즘과 정신적 주짓수, 얼간이, 패배자, 중독자, 낙오자, 난쟁이, 성불구와 세무 공무원, 스톡 브로커와 프로그래머들을 위한 행렬에 동참하라.

NE: 필수 거리 확보

지와 에프가 나한테 원하는 건 분명함. 존재론적 행불자가 돼서 「어니언 월드」를 플레이하라는 거. 이 돈 받고 이 짓까지 해야 되나, 내가 무슨 부귀영화를 누리겠다고. 내 일이나 해야지. 당장 사표를 써야겠어. 망할 미신 파괴자들이여, 엿이나 드쇼. 하지만 나는 한다고 했다. 그건…… 돈이 모든 일의 동기는 아니기 때문이지. 그렇다고 음모론을 쫓는 데 특별한 대의가 있는 건 아니고. 내 생각은 그렇다. 솔직히 음모론이 중요한 문제인지 모르겠다. 환경오염과 제2차 크립토워, 전지구적 방화와 정보 유출, 극단주의 분파의 테러와 소수민족 탄압, 성착취, 부정부패가 만연하다. 과거의 인류와 달리 먹을 것도 풍족하고 수명도 늘고 모든 사람들에게 잘 곳도 주지만 매일매일이 너무 불행하게 느껴진다. 이 불행은 어디에서 오는 걸까. 불행이 몸살처럼 온몸을 때리는 기분이다. 철학자들은 그 이유가 증명 체제 때문이라고 말한다. 산업이 자동화되고 미디어가 세분화되고 사회가 개별화되면서 우리에게 남겨진 중요한 일은 스스로를 증명하는 일밖에 없다고, 인종이나 성별, 국적 같은 정체성이 자격을 부여하거나 당신을 돋보이게 하지 않기 때문에 끝없이 스스로를 증명해야 한다고, 실질적인 노동이 하나도 남아 있지 않지만 놀이와 창작을 멈추지 말아야 한다고. 사람들이 노바스페이스에 글을 쓰는 게 그런 이유라고 말이다. 망할 철학자들. 그럼 어쩌라고. 아무것도 하지 말라고? 나무늘보처럼 누워서 하늘만 보라고? 그것도 좋은 생각이다. 사실 자주 그런다. 하지만 미신 파괴자들의 일은 문제가 다르다. 이건 놀이가 아니다. 나는 그만 놀고 싶다. 아마 다들 그런 생각을 할 거야. 실질적인 일을 하고 싶어. 의미 있는 일을 할 거야. 그런데 어떤 문제들은 너무 크고 멀어서 내가 끼어들기 어려운 데 반해 음모론은 가깝다. 나와 관련된 영역에 숨겨진 권력과 음모가 있고 그것이 우리 삶을 이따위로 만들어 버린 거다. 정의 구현. 그것만이 유일한 진실이다. 나는 요즘 소설 쓰는 것도 미루고 매일 미신 파괴자들 꽁무니를 쫓아다니며 자료 정리하고 뒷조사하고 보고서 쓰고 그렇게 산다. 이게 재미있으니까, 사람들이 나를 보는 것 같고 내가 사람들을 보는 것 같고 사람들이 나를 볼수록 나도 그들을 본다. 우리 서로 자기 자신을 볼 뿐이지만 그게 곧 우리를 보는 거기도 하니까…… 그러니까 사실 지금 쓰는 이건 나를 위한 거다. 누군가 보라고 쓰는 게 아니라. 그렇다고 일기는 아니고 남들이 보는 것도 좋긴 하지만, 중요한 건 내가 뭔가 이해하려 한다는 사실이다. 내 경험들, 생각들, 삶에서 벌어지는 일들, 사람들의 행동과 말, 댓글……. 도대체 이해할 수 없는 이 모든 미친 짓거리들. 인도주의 양파 연합에 대해서라면 못 들어 본 사람이 대다수지만 이쪽 세계에서는 유명한 단체다. 국제 뉴스에 관심 있는 사람들은 들어 봤을 것이다. 지난번 그리스 산불도 인도주의 양파 연합에서 저지른 일이라는 정보가 있다. 인도주의와 양파와 산불이 무슨 상관인지 모르겠지만, 모든 요소가 아주 산만한 가정과 짐작이고 원인과 결과가 뒤죽박죽이다. 단순하게 보면 인양연은 환경주의 단체다. 근데 불을 지른다. 왜? 환경을 지켜야 하기 때문에. 생태적 화전 농업 같은 거지. 근데 어떤 사람들은 그게 인양연의 생각을 호도한 결과라고 말한다. 인양연은 불을 질러선 안 된다고 주장한다는 거다. 그런데 환경주의자들이 오해하고 불을 질렀다? 하지만 누가 질렀는지 왜 그랬는지 정확한 이유는 아무도 모른다. 인양연의 주장이 나온 출처가 어딘지도 모르고 확인하려는 노력도 하지 않는다. 갖은 고생 끝에 출처를 찾는다 한들, 그 출처의 맥락을 고려하면 문자 그대로의 말을 따라서는 안 된다는 의견이 뒤따른다. 데이터와 이론, 사상이 행위의 원인이 되기도 하고 행위를 하지 않을 이유도 된다. 행성이 아작 날 지경이랬다가 조작된 데이터라고 했다가 조작됐다는 말이 조작이랬다가…… 내가 직접 올라가서 오존층 구멍 크기라도 재야 할 판국이다. 그런데도 뭔가를 이해할 수 있을까. 노바스페이스 따위에 글을 쓴다고 나아지는 게 있을까? 하지만 이 이야기는 그만하자. 나는 비관론에 빠져 허덕이는 멍청이는 되고 싶지 않다. 아무튼 요점만 간단히 하면 존재론적 행불자가 되려면 치사량 이상의 캔-D를 맞아야 된다는 거다. 최고의 캔-D 공급처는 리인데 리도 요즘 물량이 딸린단다. 그래서 에프가 리와 함께 캔-D를 구하고, 지는 「어니언 아일랜드」와 「월드 게임」 확장판을 구한다. 캔-D를 맞으면 뇌에서 자아를 담당하는 부위들의 연합인 디폴트 모드 네트워크가 비활성화된다. 성인들에게만 관찰되는 영역인 DMN은 자아 성찰, 도덕적 추론, 타인의 감정과 미래에 대한 계획 같은 메타인지 과정을 수행할 때 활성화되며 변연계 영역을 억제한다. 다시 말해 뇌의 엔트로피를 억제해 자아라는 일관성 있는 정신, 프로이트가 2차적 의식이라고 말한 고집불통의 인간성을 만들어 내는 것이다. 중심이 있어야 주변도 있다. 내가 존재해야 세계가 질서정연하게 파악된다.

그런 나를 뇌의 작용이 만든다는 거. 세계와 나의 분리감 형성, 필수 거리 확보. 이거 없으면 우리 다 죽음. 문제는 캔-D를 너무 많이 맞으면 DMN이 비활성화되는 정도를 넘어 실제 물리적 경계가 와해된다는 사실이다. 진짜 진짜 내가 없어진다. 존행불은 깜빡깜빡 하는 신호 같은 거다. 있다 없다 하는. 그런데 치사량이 넘으면 자칫 완전 소멸, 완전 통일, 진짜 진짜 현실과 하나가 되는 거지. 진짜 진짜가 된다는 건 결국 존재하지 않는다는 뜻이다. 존행불은 진짜 가짜와 진짜 진짜를 오가는 거고 그래서 진짜 가짜들은 위협을 느낄 수밖에 없다. 진짜 진짜가 있다는 건 진짜 가짜가 가짜라는 뜻이니까. 에프와 리는 소노라 사막 깊은 곳의 동굴에 사는 가이드를 찾았다. 그가 3000밀리그램의 캔-D를 사용해 나를 존행불의 세계로 인도할 것이다. 그러면 지가 「어니언 월드」와 「월드 게임」 확장팩을 탑재한 닷지에 나를 태운다. 나는 이동하며―사막을 횡단하며 각성 상태에서 「어니언 월드」를 플레이 해야 한다. 위치 교란을 위해서라는데 이 부분은 아직 정확히 모르겠다. 닷지는 동시에 두 곳 이상에 존재하게 될 예정이고 나는 세 곳 이상에 존재하게 되는 거니까 소재 파악이 힘들 거라고. 진짜 존행불이 되는 거다. 리는 도와준 대가로 인도주의 양파 연합 검거 현장 생중계권을 따냈다. 노바스페이스 메인 배너에 노출될 거라나. 개인 신상이 까발려지는

데도 지와 에프는 별로 신경 쓰지 않는 눈치다. 좀 연예인 기질? 디바 끼? 그런 것도 있고. 하지만 문제는 내가 존행불 상태에서 원래 상태로 돌아오지 못할 수도 있다는 사실이다. 존행불은 돌아올 생각을 안 한다는 얘기도 있다. 현재 상태에 너무 만족해서 사라지더라도 예전으로 돌아가는 건 싫다고. 내가 그렇게 되면 어떡하지? 그때가 되면 어차피 그때에 만족할 테니까 상관없나? 월급쟁이가 해야 하는 일치고는 대가가 너무 큰 거 아닌가? 돈이라도 더 주던가. 그렇지만 에프는 말했다. 어차피 존행불이 되면 돈 같은 거 연연하지 않을 테니까. 내가 대답했다. 파운드케이크는요?

SE: 모든 것이 연결되어 있다

프랜은 랜턴을 들고 이촌 한강공원을 걷고 있었다. 강바람
에 휩쓸린 빗줄기가 얼굴에 내려앉았고 회사에서 준 노르웨이
산 우비는 발걸음을 옮길 때마다 제멋대로 구겨졌다. 열 걸음
정도 앞선 거리에 공돌이가 걷고 있었다. 공돌이는 한 손에는
핸드폰, 다른 손에는 랜턴을 들고 절도범의 흔적을 찾았다.

프랜은 세상이 조금 미친 것 같다고 생각했다. 그렇지 않고
서야 이 밤에 절도범을 찾아 메타플렉스를 헤매고 다니지는
않을 테니까 말이다. 자신을 둘러싼 어둠이 도시의 것이 아닌
것처럼 낯설었고 미세하게 이동하며 감시하는 눈들이 빗방울
속에 감춰져 있는 것 같았다. 반면 그와 같은 조인 공돌이는
신난 것처럼 보였다. 오래도록 이 날을 기다려 온 사람처럼,

비로소 삶의 목적과 쓸모를 찾은 사람처럼 수사에 나섰다.

메타플렉스에서 사건이 일어난 건 처음이 아니다. 사소한 다툼이나 분실, 클레임뿐만 아니라 무단 침입, 도난, 교통사고, 실종, 성추행, 강도 폭행 같은 강력 범죄, 전염병, 싱크홀 등 뭐라 딱히 규정하기 힘든 이상한 일도 일어났다. 규모가 커지고 방문하는 사람이 늘어나면 자연스레 생기는 일이라고 잭슨 주는 말했지만 그렇다기에는 이상했다.

어떤 사내는 메타플렉스의 숲에서 말을 봤다고 했다.

말이요?

네. 가족 단위 손님도 있는데 말을 풀어놓으면 너무 위험하지 않아요?

그런데 사내의 말에 의하면 말이 좀 이상하게 생겼다. 머리에 뿔이 달렸고 털이 핑크색이라나.

음…… 유니콘 말씀하시는 건가요?

아, 그걸 유니콘이라고 하나요?

네.

그게 있더라구요.

프랜의 보고를 받은 공돌이는 사내를 경찰에 넘겼다. 이후 정신감정 결과가 어떻게 나왔는지, 진짜 유니콘을 발견했던 게 맞는지는 알 수 없다. 공돌이는 「포니 아일랜드」 때문일지도 모른다고 말했다. 「포니 아일랜드」는 유니콘을 조작하는 메타인디게임으로 최근에 AR버전으로 출시됐다. 「포켓몬고」처럼 현실의 특정 공간에 포니가 있고 그걸 찾아야 한다. 다른 점이 있다면 발견한 포니를 조작할 수 있다는 것이다. 플레이어는 포니를 움직여 현실에 겹쳐 있는 빌런들을 퇴치해야 한다. 빌런은 악령처럼 현실 사람 위에 씌어 있었고 포니가 공격하면 벗겨졌다. 현실 사람들은 게임과 상관없이 거리를 오가는 이들이었는데 그들을 인식해서 빌런을 덧입히는 것이 「포니 아일랜드」의 핵심 기술이었다.

이 게임의 진짜 특징은 플레이 하기 위해 영혼을 갈아 넣어야 한다는 사실이야. 게임을 시작하면 루시퍼가 등장해서 이렇게 말해. Insert your Soul.

아…… 네.

몰입감이 대단해 출시와 함께 대박이 났다고 공돌이가 말했다. 가끔은 그래픽이 너무 실감 나 빌런이 겹쳐진 모습이 더 실제 사람 같기도 했다. 딥 페이크 기술을 쓰거든.

근데 에러가 나서 포니가 현실로 유출된 거지. 공돌이가 말했다.

그런 것도 가능해요?

기술적으로는 불가능한데…… 공돌이가 말했다.

정체불명의 시위나 체육대회, 콘서트, 페스티벌을 봤다는 사람도 있었다. 프랜은 유진에게 보고했고 유진은 잭슨 주에게 보고했는데 잭슨 주는 페스티벌이라…… 브릴리언트!라고 말했다. 잭슨 주는 그날 바로 페스티벌 TF팀을 조직했고 정키는 음악에 관심이 많다는 이유로 팀에 배정됐다.

괜히 보고해서…….

정키가 투덜댔다. 월급은 그대론데 일만 많아졌다. 프랜은 사과했지만 그래도 허가되지 않은 모임은 보고하는 게 맞다. 그런데 어떻게 우리 눈을 피해 페스티벌을 열 수 있지?

세로로 주름 잡힌 원피스를 입은 여자 손님은 이촌 한강공원에 맞닿은 메타플렉스 외곽에서 공연을 목격했다. 밤 10시였고 하늘은 흐렸으며 나무 사이가 드라이아이스로 만든 인공적인 연기로 가득해 시야가 분명치 않았다. 이따금씩 오렌지색 조명이 연기를 물들이며 나타났다 사라지곤 했지만 그 빛들이 어디에서 오는지 알 수 없었다. 멜로디도 없고 리듬도 없고 박자도 불분명한 음악은 어느 무대의 스피커에서 나는 소리가 아니라, 숲속의 희미한 형체들이 울리며 내는 소음 같았다. 달고 쓴 감미료와 섞인 알코올 냄새가 났고 그 사이로 차갑고 축축한 물내음이 훅 끼쳤다. 문득 여자는 자신이 버섯밭 중앙에 서 있다는 사실을 깨달았다. 갈색 머리를 덜렁거리는 버섯이 잡초와 나무 사이 끝없이 펼쳐져 있었다.

버섯밭이요?

네.

프랜은 다음 날 그가 말한 장소에 갔지만 버섯밭은 없었다. 나무 둥치에 자란 갈색 버섯 몇 그룹을 찾긴 했지만 밭이라고 할 수 없는 수준이었다. 환각 버섯이라도 본 걸까. 코를 대고 냄새를 맡았지만 마른 흙냄새 외에는 특별한 향을 맡을 수 없었다.

메타플렉스를 자유롭게 이용하는 사례들이 거듭 발생했고 대책이 필요했다. 유진과 필립은 입장이 달랐다. 필립이 자율적인 이용을 권장하는 쪽이라면 유진은 통제나 규칙이 필요하다고 생각했다. 사람들의 안전을 위해서, 서로의 행위에 불쾌감을 느끼지 않게 조절해야 한다. 필립은 그렇게 하면 지금 같은 예상 밖의 활용, 자율성은 사라질 거라고 했다. 질서는 저절로 발생할 거라는 게 필립의 입장이었다. 사람들을…… 믿어야죠. 필립이 말했다. 유진은 고개를 저었다. 그건 사람들을 믿는 게 아니라 필립 본인의 바람을 믿는 것이다.

도난 사건은 윌리엄 텔 게임이 절정인 시간에 일어났다. 게임에 참여하려는 사람이 줄을 이었고 신신이 고스트 건으로 머리 위의 물건을 맞출 때마다 비명 소리가 터졌다. 3D 프린터로 제작된 고스트 건은 살상 능력은 없지만 일회용 컵에 구멍을 낼 정도의 화력은 있었다. 신신은 고스트 건 여러 정을 자랑하듯 선보였고 프랜은 그런 모습에 신경이 날카로워졌다. 프랜은 총과 관련된 문화를 이해할 수 없었다. 무엇이 사람들을 매혹하는 것일까. 속도? 파괴력? 손가락 하나로 생명을 빼앗을 수 있다는 사실? 신신은 사격 신동 출신으로 총기협회 회원이었고 빈티지 총기 컬렉터였으며 국가대표 수준의 명사수였다. 총은 사람을 죽이지 않는다. 사람이 사람을 죽인다. 신신이 좋아하는 말이다. 총이 없던 시절에도 살인은 있었다. 기술은 중립적이다. 그러나 프랜은 고스트 건이 격발될 때마다 탄환이 눈동자나 치아를 맞힐까 봐 제대로 볼 수 없었다. 기술이 중립적이라는 말은 전형적인 헛소리였다. 평균 키가 170센티미터면 모든 사람의 키가 170센티미터라는 말인가. 중립은 개념이지 상태가 아니었다.

신신을 비롯한 대부분의 사람이 술에 취했다. 잭슨 주 역시 흐트러진 모습으로 머리에 샴페인 병을 올렸다. 마릴린 몬로의 샴페인으로 알려진 레어 샴페인 중 최고가라는 1996년 빈티지였다. 잭슨 주는 마시는 것보다 깨지는 게 더 가치 있다고 말했다. 희소성의 법칙! 신신이 고스트 건을 겨눴고 탕 하는 소리와 함께 샴페인이 잭슨 주의 머리 위로 쏟아졌다. 유리 조각이 떨어졌지만 잭슨 주는 웃음을 터뜨렸다.

나이스 샷!

다음 타자는 필립이었다. 그는 자신의 책을 들고 있었다. 몇몇 사람이 휘파람을 불었다. 신신이 고스트 건을 장전했다.

신신은 구멍난 필립의 책을 NFT 작품으로 제작하겠다고 선언했다. 필립은 동의했다. 가능하면 책의 하단부를 맞춰 달라고, 페이지가 끝날 때마다 문장에 구멍이 뚫려 있기를 원한다고 말했다. 필립이 머리 위에 책을 세웠고 신신이 고스트건을 겨냥했다. 정적이 흘렀다. 프랜은 하드커버의 귀퉁이가 부드럽게 휘는 것 같은 착시를 느꼈다. 고스트 건의 총구와 하드커버 사이 공간이 수축되는 것 같았고 사물들이 나선을 그리며 미지의 점 안으로 빨려 들어갔다.

탕! 소리와 함께 갤러리 전체의 불이 나갔다.

악! 하는 소란스러운 비명 소리가 터졌다. 사람들이 스마트폰을 꺼내 라이트를 켰다. 스태프들이 달려와 일시적인 정전이라고 소리쳤다. 곧 다시 불이 들어왔다. 바닥에 길게 누워 있는 필립의 모습이 보였다. 사람들이 필립을 둘러쌌다. 곧 잭슨 주가 필립의 책을 번쩍 들어올렸다. 정중앙에 구멍이 뚫린 책이 촤르르 넘어갔다. 필립이 눈을 떴다.

제가…… 깜박 졸았나요?

필립이 말했다. 사람들이 박수를 치고 함성을 질렀다. 프랜은 순식간에 일어난 그 광경을 지켜보며 웃어야 할지 울어야 할지 모를 심정이었다. 그때 큐레이터가 신신에게 다가가 귓속말을 했다. 신신의 표정이 창백해졌다. NFT 작품이 무더기로 도난당했다는 거였다. 정전은 도난 과정에서 생긴 전력 과부

하로 일어난 현상이었다.

잭슨 주는 제3차 세계대전이라도 발발한 것처럼 난리를 쳤다. 곧바로 유진과 필립이 CCTV를 확인했고 범인으로 의심 가는 일군의 사람들을 발견했다. 그들은 30미터 가량 떨어진 곳에 주차된 흰색 밴과 갤러리를 반복적으로 오갔다. 신신은 이들이 예전부터 갤러리와 빌라 주변을 서성였다고 말했다. 처음에는 노숙자나 잡상인이라고 생각해서 보안 요원들을 시켜 쫓아냈다. 그러나 그들은 다시 나타났다. 복제된 배양균처럼 벽과 기둥, 바닥에 스며들어 공간을 잠식하고 퀴퀴한 공기를 퍼뜨렸다. 메타피플이에요. 신신이 말했다. 그게 뭔데요? 유진이 물었고 신신은 레딧에서 게시물을 검색해 보여 줬다. 메타피플은 2017년 우크라이나 테러 때 처음 모습을 드러낸 신종 사이버 용병으로 러시아 해커 그룹 샌드웜에 고용되어 전위부대 역할을 담당했다. 해킹을 하려면 침투조가 필요한데 이들이 그 역할을 한 거지. 메타피플은 난민이나 무국적자, 실종자, 가출 청소년, 빚쟁이, 파산자 따위로 구성되며 뒤에는 샌드웜과 같은 국제적인 조직이 있지만 정확한 실체는 드러나지 않았다. 신신은 이들이 자신의 소장품을 노린다고 말했다.

어쎄시네이션 마켓이라고 들어 봤어요?

처음 들어요. 유진이 고개를 저었다.

유진은 신신이 편집증이 있는 건 아닐까 의심했다. 사이버 용병? 암살 시장? 신신의 말에 따르면 메타피플은 크립토아나키 원리주의자들이었다. 암호화폐와 블록체인 기술이 국가와 자본가들의 손에 들어가는 것을 막기 위해 테러리스트와 연합해 대규모 테러를 준비 중이었고 부족한 자금 조달을 위해 전세계의 컬렉터를 동시다발적으로 노린다는 거였다.

유진과 필립은 메타북스의 직원을 모았다. 메신저로 CCTV 화면을 전송하고 메타플렉스 전 구역으로 흩어져 화면 속 사람들을 찾으라고 했다. 단, 찾는 즉시 무전할 것. 잡으려고 하지 말고.

프랜은 경찰에게 맡기자고 했지만 그러면 늦을 거라는 답변이 돌아왔다. 우리가 위치를 파악해야 해. 그들이 메타플렉스에 살고 있는 사람이라는 추측도 있었다. CCTV에는 네 명의 사람이 찍혀 있었다. 후드를 덮어쓰고 있어 나이, 성별, 외모 모든 게 짐작되지 않았다. 도난당한 NFT 작품들의 총액이 어마어마했기 때문에 신신 측에서 손해배상 청구를 하면 메타북스가 파산할 수도 있다. 잭슨 주는 이미 고스트 건을 챙겨 트리고를 타고 수색을 나갔다. 직접 도둑놈들을 잡겠다는 거였다.

정키는 약속이 있어 빠지겠다고 말했다. 한 명이라도 아쉬운 상황이라 공돌이가 야근을 종용했지만 정키는 고개를 저었다. 중요한 약속이라서요.

프랜은 오전부터 산만한 정키가 거슬렸지만 문제는 그게 아니었다. 갑작스러운 야근 때문에 짜증이 났지만 그것 역시 문제가 아니었다. 프랜을 거슬리게 했던 의문은 어떻게 NFT 미술품이 도난당할 수 있냐는 사실이었다. 그것도 오프라인 에서. 게다가 어쎄시네이션 마켓? 장난쳐?

2016년 6월 28일, 비뇨기과 의사이자 프랑스 공화당 소 속 하원 의원 베르나르 드브레는 LCI와 인터뷰에서 다크웹 을 찾았다고 발표했다. 그는 극우 언론 《발뤼르 악튀엘(Valeurs Actuelles)》의 탐사 보도 전문 저널리스트와 함께 다크웹을 찾 아 떠나는 모험을 감행했고 넷의 어둠 속에서 온갖 더럽고 추악한 것들로 가득한 지옥의 슈퍼마켓에 방문할 수 있었다 고 말했다. "카리슈니코프 자동 소총, TNT 화약, 위조지폐, 장기 이식, 살인 청부, 스너프 필름, 아동 성매매." 드브레는 네 덜란드에 기반을 둔 사이트에서 코카인 1그램과 환각 버섯 한 봉지를 구입하는 데 성공했다. 상품은 마약 탐지견의 코 를 피하기 위해 크래프트지와 플라스틱 케이스에 밀봉된 상 태로 프랑스 우체국의 운송 시스템을 통해 친절히 집 앞까지 배송됐다. 프랑스 우체국이 최고의 마약 딜러가 됐습니다! 드 브레가 자신이 구매한 마약 봉지를 흔들며 외쳤다. 그는 마약이 우버화(Uberisation)됐다고 선언하며 이대로 두면 마약뿐만 아니라 모든 악이 우버화될 거라고 선언했다. 이에 대한 해결책은 간단했다. 비트코인과 블록체인을 금지하라!

악의 우버화라는 드브레의 발언은 비웃음을 샀지만 완전히 틀린 건 아니었다. 암살 시장은 암살을 우버화한 것과 유사한 아이디어다. 암살 정치를 처음 주장한 제임스 달톤 벨(A.K.A 짐벨)은 인텔 출신의 프로그래머로 초기 사이퍼펑크의 지지자였다. 그가 1995년 웹에 발표한 에세이 「어쌔시네이션 폴리틱스」의 아이디어는 간단하다. 죽이고 싶은 정치인이 죽었으면 하는 날짜를 마켓에 예고하라. 그리고 원하는 날짜에 비트코인을 걸어라. 만약 돈을 건 날짜에 정치인이 죽으면 날짜를 맞춘 사람은 수 배, 또는 수백 배의 수익을 거둘 수 있을 것이다. 경마, 스포츠 도박의 원리에 암살 의뢰를 섞은 것 같은 이 아이디어는 블록체인과 비트코인 같은 기술이 실현되기 전에 나온 것이었다. 짐벨은 단지 아이디어를 냈다는 이유만으로 심야에 FBI의 급습을 받아 체포됐다. 체포 당시 그의 집에서 시안화나트륨, 휘발성 용매, 질산, 이소플루로페이트 등 폭발물을 제조할 수 있는 재료들이 발견됐지만 짐벨은 모든 게 조작됐으며 자신은 사이퍼펑크 선언문에 따라 코드를 전파한 것뿐이라고 주장했다.

Cypherpunks write code.

생각이 범죄라면 진정한 범죄자는 인간이라는 종 그 자체다.

그러나 문제는 2013년 구와바타케 산주로라는 가명의 해커가 암살 정치를 암살 시장으로 실현했다는 데 있다. 산주로는 에드워드 스노든의 폭로에 자극받아 사이트를 개설했고 오픈과 동시에 버락 오바마, 벤 버냉키 연방준비제도 의장, 키스 알렉산더 NSA 국장 등이 표적으로 업데이트됐다. 산주로는 와이어드의 앤디 그린버그에게 이메일을 보내 암살 시장의 진정한 의미는 암살이 아니라고 주장했다. 우리의 목표는 진정한 민주주의의 실현에 있다. 그 어떤 체제나 권력도 허락하지 않는, 모두가 생산자인 동시에 소비자인, 모든 사람이 국회의원인 동시에 투표권자이며 모든 사람이 탑인 동시에 바텀이고 모든 사람이 살인자인 동시에 희생자인 세계. 진짜 평등.

지우는 인터넷으로 사이퍼펑크를 검색하다 주디 밀혼을 발견했다. 그가 본 첫번째 이미지는 알라배마 경찰 아카이브에 보관된 주디 밀혼의 머그샷이었다. 1965년 4월 21일 몽고메리 경찰서에서 찍힌 이 사진 속의 주디 밀혼은 땀에 절어 딱 붙은 머리칼에 마주한 사람을 주눅들게 만드는 평온하고 자신만만한 표정으로 카메라를 응시하고 있었다. 죄명은 불법 시위, 공무집행 방해. 그와 동료들은 시민권과 여성과 흑인과 기계의 해방을 위해 평화로운 행진을 했지만 경찰의 곤봉에 머리가 깨지고 진압 과정에서 성추행을 당했다. 그러나 주디 밀혼의 사진은 말하고 있다. 우리가 이길 거라고, 우리가 믿는 바가 이루어질 거라고.

주디 밀혼은 침착한 광인이었다. 정치범이자 확신범이었고 스스로를 퓨처 해커, 페미니스트, 복장도착자, 엄마, 곤조 저널리스트, 무엇보다 활동가라고 생각했다. 무엇에 대한 활동인가? 모든 것. 우리를 억압하고 분쇄하고 괴롭하고 학대하는 모든 것에 맞서는 활동.

워싱턴 D.C.에서 태어나 인디애나에서 자랐고 클리블랜드에서 카운터컬처의 영향을 받아 비트 세대가 된 북부 캘리포니아 1세대 해커이자 초기 디지털 문화의 영향력 있는 저널리스트였던 주디 밀혼은 지우가 생각하는 모순된 것들이 결합된 반문화 키메라였다. 성차별적인 해커 문화의 세례를 받은 페미니스트, 정신 나갈 정도로 돈이 넘치는 실리콘 밸리의 반자본주의자, 기계와 인터넷의 가능성을 믿는 환경주의자. 왜 이런 사람을 몰랐지? 왜 아무도 이 사람을 언급하지 않았지? 주디 밀혼에 대한 정보는 인터넷에 산개되어 있었고 그의 절친인 전설적인 해커 리 펠젠스타인과 에프렘 리프킨의 일화와 그들이 만든 세계 최초의 SNS 시스템 '커뮤니티 메모리'의 활동 속에 숨겨져 있었다. 어떤 이야기도 주디 밀혼을 중심으로 전개되지 않았다. 그가 생물학적 여성이라서 그런 것만은 아니었다. 주디 밀혼은 IT 열풍의 한복판에서 비껴나 있었고 폭넓은 공감을 얻기 힘든 차원에서 말하고 행동했다. 그가 추구한 무책임한 저널리즘은 언론의 기본 원칙을 무너뜨리는 것이었다. 특히 가짜 뉴스가 판치는 시대의 사람들은 납득하기 힘든 태도다. 지우는 세인트 주드가 말하는 무책임함이 거짓이나 조작, 기만 따위와 다르다는 사실을 알 수 있었지만 어떻게 의미화해야 할지 알 수 없었다. 사회에서 규정한 책임감의 형태로는 유의미한 폭로가 불가능하다. 세계를 근본적으로 변화시키기 위해선 약속과 의무라는 규약 너머의 행동이 필요하다. 이것을 폭력적이지 않은 방식으로 실천하려면 어떻게 해야 할까. 폭력과 파괴, 선택과 충돌이 필연적이라는 생각을 극복할 수 있을까. 어쩌면 주디 밀혼에게서 힌트를 발견할 수 있을지도 모른다.

지우가 세균에게 부탁한 잡지는 1991년에 나온 《몬도 2000》의 네번째 이슈였다. 《몬도 2000》은 《하이 프론티어》라는 제호로 1984년 처음 발행됐고 1988년 《리얼리티 해커》라는 이름을 거쳐 마침내 《몬도 2000》이 되었다. 사이퍼펑크와 디지털 문화, 사이키델릭, 초현실주의와 다다이즘, 페미니즘, 반달리즘, 초기 포토샵 그래픽과 고쓰 패션 따위가 섞인 잡지였고 특정한 종류의 예술에 대한 관심이 지대했다. 지우는 구글링 도중 소설가 캐시 애커와 철학자 아비탈 로넬, 디자이너

안드레아 주노가 함께한 화보를 발견했다. 캐시 애커는 짧은 금발에 헬스로 단련한 등 근육과 이두박근, 타투를 과시하며 렌즈를 노려봤다. 검은색 할리 데이비슨에 올라탄 아비탈 로넬은 검은 두건과 선글라스를 쓴 폭주족이었고 안드레아 주노의 손에는 검은색 9밀리미터 권총 글록26이 들려 있었다. 매트릭스의 캐리 앤 모스나 밀레니엄 시리즈의 리스베트를 연상시키는 화보 뒤에 캐시 애커의 인터뷰가 이어졌다. 포스트 모던 컷업: 제 어머니의 자살과 다른 사람이 쓴 어머니의 자살에 대한 수기와 전쟁터의 섹스를 묘사한 소설의 문장, BBC에 보도된 아동 학대를 나란히 놓는…… 컷업은 단지 문장 사이에서 이루어지지 않고…… 현실과 비현실, 가상과 실재, 미디어와 메타미디어를 오려 붙이는 겁니다…….

세균은 인도풍 인테리어의 와인바에서 지우를 기다리고 있었다. 지우는 이곳의 인테리어를 이해할 수 없지만 선배나 교수, 동기 등 대부분의 사람이 기분을 내고 싶을 때 이곳을 이용했다. 세균은 안 본 사이 살이 빠졌고 악몽을 꾼 사람처럼 안색이 창백했다. 루꼴라 피자와 칠레 와인을 주문했고 향을 맡으며 잔을 빙글빙글 돌렸다. 두 사람 사이에 영양가 없는 대화가 오갔다.

피자 게이트 알아?

새로 생긴 피자집이에요?

아니. 힐러리가 워싱턴 D.C.의 피자집 지하에서 아동 성매매를 한다는 음모론인데, 제프리 엡스타인이 버진아일랜드에 살아 있다잖아. 오컬트 의식에서 살해된 아이들의 영혼을 봉인한 비밀 터널에서 메타피플들의 보호를 받고 있다고. 큐아논에서 딥스테이트에 대해 폭로할 예정이라는 말 들었어? 레드벨벳 「피카부」 뮤직비디오에 피자 배달부 감금하는 장면 알지? 조던 새더가 8chan에서 로프의 날을 예고 했잖아. The Day of the Rope.

무슨 말인지…….

세균은 알아들을 수 없는 말을 중얼거렸다. 지우와 눈을 마주치지 않았고 긴장한 건지 산만한 건지 알 수 없는 행동을 반복했다.

세상이 참 복잡해. 그렇지?

세균이 검붉은 와인을 바라보며 말했다. 지우가 어깨를 으쓱했다.

이럴 때일수록 우리 같은 사람들이 사태를 직시해야 되는 것 같아.

우리 같은 사람이요?

응. 사회 지도층이 될 사람들이 정신을 똑바로 차려야지.

지도층?

지우는 세균의 말을 웃어넘겼지만 세균은 진지하게 말을 이었다. 인정할 건 인정해야지. 나중에 중요한 일을 할 사람들인데 말이야.

저랑 상관있는 얘기 맞아요?

우리 결혼할래?

세균이 말했다. 지우는 귀를 의심했다. 우리요?

응. 너도 하버드 합격하면 보스턴에 와야지. 나이도 찼고.

세균은 보스턴에서 지우와 같이 사는 게 정해진 수순인 것처럼 말했다. 유학 가기 전에 혼인신고부터 하는 사람도 많고, 그래야 서로를 신뢰할 수 있다고 덧붙였다. 혼인신고 하려면 건강검진도 받아야겠다. 세균이 말했다.

지우는 세균의 말을 들으며 자신을 둘러싼 주변 환경이 수축되는 것 같은 감각을 느꼈다. 결혼하자는 말이 뜬금없고 황당한 건 나중 문제였다. 주디 밀혼과 사이퍼펑크, 초기 해커와 포스트 노벨, 도시의 낙후된 장소에 자리잡은 레코드 점에서 태동한 20세기 중후반의 문화적 광산을 채굴하며 길을 잃었는데 다른 차원에서 온 소식이 그가 존재하는 연도와 장소를 알려준 것이다. 현실이라는 이름의 우주선이 요란한 소리를 내며 착륙했다. 이제 결.혼.할.나.이.라.고. 그러나 지금 현재가 너무 이상하고 비현실적이어서 어느 쪽이 진짜 현실인지 알 수 없었다.

끝없이 늘어선 자동차들의 헤드라이트가 검게 젖은 아스팔트 위에 어선처럼 떠 있었다. 택시를 타거나 지하철을 타면 약속 시간보다 한참 늦을 게 분명했다. 정키의 머릿속에 트리고가 떠올랐다. 회사의 트리고를 메타플렉스 밖에서 타는 건 금지되어 있었지만 엘과의 약속에 늦지 않을 수 있다면 못할 일이 없었다. 정키는 프랜에게 말했다. 트리고를 타고 엘을 만나러 갈 것이다.

진심?

어.

프랜은 순순히 키를 내줬다. 피곤한 일에 엮이고 싶지 않지만 거절할 수 없었다.

조심해.

정키가 고개를 끄덕였다. 엘과 헤어지고 나면 트리고를 가지고 돌아오겠다고 약속했다.

빗물이 유선형 창문을 타고 사선으로 흘러내렸다. 트리고의 최고 속도는 시속 80킬로미터였지만 한 번도 40킬로미터 이상으로 달린 경험이 없었다. 정키는 바퀴의 폭을 최대한 좁게 맞추고 강변북로의 꽉 막힌 차들 사이를 달렸다. 차체가 덜덜 떨리고 굵은 빗방울이 티타늄 판에 부딪쳐 총알처럼 탕탕 소리를 냈다. 빗물에 뿌옇게 번진 자동차 램프의 불빛이 시야를 어지럽혔다. 뒤에서 날카롭고 신경질적인 경적 소리가 들렸다.

정키는 정확히 9시 30분에 서울숲에 도착했다. 해냈다는 기분이 들었고 잠시였지만 환희에 들떴다. 이제 엘과 만나면 된다! 그러나 서울숲 어디에서 볼지 정확한 위치를 정하지 않았다는 사실을 깨달았다. 엘은 전화를 받지 않았다. 왜 안 받지? 오는 길인가? 빗줄기는 약해져 있었다. 숲은 비어 있었고 젖은 풀냄새가 났다. 진흙과 빗물에 뭉개진 잔디가 신발에 들러붙었다. 어두운 갈색 구름이 바람에 따라 이동했다.

정키는 마음을 가라앉히고 주변을 둘러봤다. 다시 전화를 걸었는데 신호가 30초 만에 꺼지고 연결음이 나왔다. 심장이 쿵 하고 내려 앉았다. 핸드폰 배터리가 다 됐나? 그러면 전화가 꺼져 있다고 나올 텐데. 정키는 다시 전화를 걸었다. 똑같이 30초 만에 신호가 끊겼다. 정키가 문자를 보냈다. 나 지금 서울숲.

어딘가에서 엘이 기다리고 있을 것 같았다. 배터리가 다 되어서 발을 동동 굴리며 비를 맞고 있을지도 모른다. 정키는 바쁜 걸음으로 숲을 헤매며 엘을 찾았다. 엇갈릴까 봐 최대한 빠르게 움직였다. 엘이 바로 뒤에 있을 거라는 생각에 홱 하고 고개를 돌려보기도 했다. 아무도 없었다. 멀리 우산을 쓴 커플이 걷고 있는 모습이 보였다. 어쩌면 저 사람들이 엘을 봤을지도 모른다. 정키는 서둘러 뛰어가다 진흙에 미끄러졌고 오른손을 잘못 짚어 손바닥에서 피가 났다. 피와 흙이 묻은 손을 재킷에 슥슥 문지르고 커플에게 뛰어갔지만 그들은 고개를 저으며 도망치듯 멀어졌다. 벤치가 있는 커다란 나무 아래 한 여자가 서 있는 게 보였다. 엘이다! 정키가 속으로 외쳤다. 그러나 멀리서 봐도 엘의 체구와 달랐고 입고 있는 옷도 엘처럼 보이지 않았다. 못 본 사이 체형이나 스타일이 달라졌을지도 모른다. 정키는 생각했다. 밤이라서 잘 안 보이는 거라고, 엘이 아니면 이 밤에 누구겠냐고 중얼거렸지만 엘이 아니었다.

그제야 정키는 사태를 파악할 수 있었다. 엘은 오지 않을 것이다. 너무 낙담한 나머지 그 자리에 쓰러져 잠들고 싶었다. 맥박 소리가 머릿속에 쿵쿵 울렸다. 곧 엘에 대한 분노가 치밀어 올랐다. 다시는 보지 않을 것이다. 연락이 와도 씹을 것이다. 저주를 퍼부어 버려야지! 그러나 무슨 일이 생긴 걸지도 모른다는 생각이 스치고 지나갔다. 엘에겐 남편이 있고 예상 밖의 상황이 생길 수도 있다. 전화를 너무 많이 걸어서 당황한 걸지도 모른다. 남편이 봤다면? 그래서 엘에게 문제가 생긴 거라면? 정키는 정신이 혼미해지는 걸 느꼈다. 가장 큰 문제는 그가 할 수 있는 일이 아무것도 없다는 사실이었다. 일어나는 일을 받아들이는 것 외에는 아무것도 할 수 없었다. 그러나 아무 일도 일어나지 않았다. 전화도 오지 않았고 엘도

오지 않았다. 쇠사슬로 꽁꽁 묶여 물탱크 속에 갇힌 기분이었다.

정키는 손을 가늘게 떨며 스마트폰을 내려다봤다. 인스타그램을 열어 로그인 화면에 엘의 아이디를 쳤다. 엘의 비밀번호가 머릿속에 깜박였다. 접속해서 내용을 본다고 사생활 침해는 아닐 것이다. 이건 일종의 정당방위다. 먼저 잘못한 건 엘이다! 정키는 빗물이 얼룩진 스마트폰 액정을 손으로 닦아 냈다. 화면이 물기를 빨아들이는 것 같은 느낌이 들었고 순간적으로 검은 사각형이 정키를 둘러싼 모든 종류의 현실을 흡수하고 변형해서 토해 내는 문처럼 보였다. 로그인 버튼만 터치하면 문을 열 수 있을 것이다.

주디 밀혼이 처음 가상 현실의 가능성에 눈을 뜬 커뮤니티메모리는 SDS 940 시분할 컴퓨터를 사용한 최초의 온라인 익명 게시판이었다. 레딧, 4chan, 디시, 일베, 메갈, 오유, 트위터, 2ch, 후타바채널, 텀블러 모두 여기에서 시작됐다. CM의 브로슈어에는 "우리를 되찾고 다시 활성화시키는 강하고 자유롭고 평등한 커뮤니케이션 채널"이라는 홍보 문구가 쓰였다. CM은 금세 유명해졌고 버클리의 온갖 잡놈들이 나타나 정보를 주고받고 정체를 알 수 없는 익명의 사람들이 아바타를 만들어 광기 어린 시를 쏟아냈다. 그중 닥터 벤웨이는 가

학 성향의 육차원 체스 고수이자 식품정신의학자로 스스로를
소개하며 평화를 노래했다.

> 1984를 찾아. 당신이 말했지.
>
> 헤, 헤, 헤…… 앞으로 어디 가지 마
>
> 알빈 리의 노래를 들으며
>
> 가르마를 반대쪽으로 타며
>
> 아스피린을 복용하며
>
> 힘을 합쳐 노력하며
>
> 줄행랑을 치며
>
> 말썽 피우지 않으며
>
> 자유로운 인디애나폴리스500 경주에서
>
> 미소가 당신의 우산이 되게……
>
> {}{}{}{}{}{}{}{}
>
> 1984가 당신을 찾을 것이다
>
> 키워드: 1894 벤웨이 트랄크라트란 인터존
>
> 2-20-74

주디 밀혼은 닥터 벤웨이를 실제로 만난 유일한 사람이었
다. 벤웨이의 정체를 궁금해하는 사람들에게 주디는 말했다.
그는 자신의 정체가 알려지길 원하지 않는다. 나는 그와의 약

속을 지킬 것이다. 하지만 확실하게 말할 수 있는 건 그가 우리 중 하나라는 사실이다. 아니면 우리 모두이거나.

NE: 인카운터

「어니언 월드」진입을 위한 특정 인카운터를 설명하기 전에
우리는 'ANR(인류세 뉴스 라디오)'이라는 방송국과
'더서브리미널키드(The Subliminal Kid)'(A.K.A 서키 또는 석희)
라는 NPC에 대해 알아야 한다.

ANR은 평범한 인터넷 방송국이었으나
기후 재앙과 팬데믹, 크립토워 이후 버려지는데……

100년 후, 인도주의 양파 연합의 전신인
'나쵸 암살자들(Nacho Assassins)'이라는 무장 단체가
방송국이 속한 도시 '문다네움'에 숨어든다.

나쵸 암살자들의 리더 석희가
퇴역 군인들의 사념으로 이루어진 단체
맨해튼 세레나데를 불태우고
ANR 네트워크를 수복해 행성 전체의 전파를 통제하게 된 것이
「어니언 아일랜드」 게임 시간 속 ANR과 석희의 상황이다.

석희는 종말 이후 행성에서 벌어지는 소식에
매미와 귀뚜라미 울음소리, 고래의 사체,
햇볕에 말린 가자미 필레, 보툴리누스 균, 에스폰타네오 푸티지
등을 믹스해 ANR을 구성했고
정확하고 날카로운 촌평과
반사실론적이고 반분리주의적이며 반재현적인 견해와
멸종 양파들의 원형질을 추적하는 능력을 선보이며
상당한 인기를 가진 방송인이 된다.

플레이어도 이 방송을 들을 수 있는데
「어니언 아일랜드」의 소식을 전하는 방송이다 보니
플레이어가 행한 선한 행동과 악한 행동을 평가하기도 한다.

"송신자는 정반대의 특징에 의해 규정될 것이다. 저기압 지역,
모든 것을 빨아들이는 공허. 그는 익명성을 띠고 얼굴이 없고

색깔도 없을 것이다. 그는 눈 대신 피부로 된 둥근 조직을 지니고 태어났을 것이다. 그는 바이러스처럼 자신이 어디로 가는지 알고 있을 것이다. 그는 눈이 필요 없다. 과학자들은 이렇게 말할 것이다. 송신은 원자력과 같다. 바로 이 순간 항문 기술자가 소다에 중탄산염을 섞은 다음 지구를 한 줌의 먼지로 바꿔 버리는 스위치를 당긴다⋯⋯"

또한 석희는 게임 내에서 살해되거나 실각할 수도 있는데
그가 사라지면 '얼 터너 주니어'라는 NPC로 교체된다.
그는 우윳빛 갈색 안개로 만들어진
음울하고 매력 없는 젊은 사내로
방송 내내 본인이 직접 썼다고 주장하는
퇴폐적이고 풍자적이며 지루한 예언-비평 에세이를 낭독한다.
(얼 터너 주니어는 목소리만 존재하는 NPC다.)

이후 조건을 만족시키면
확률적으로 '특정 인카운터'가 발생한다.
이 인카운터를 발견하기 위해
어떤 행동이 필요한지 의견이 분분하다.
석희가 죽거나 사라진 시점에서
인카운터가 발생하기 위한 조건을 알아보자.

첫째 「월드 게임」 확장팩을 설치해야 하고

둘째 ANR 방송을 듣거나 보고 있어야 하며

셋째 ANR의 퀘스트를 듣고 네트워크의 신호를
「어니언 월드」 전역으로 확산시켜

넷째 암암리에 지구를 지배하고 있는 단체
노바 오르가니제이션의
주요 시설인 무한 책임 엘리베이터를 파괴해야 한다.

무한 책임 엘리베이터를 파괴한 직후
운이 좋으면 signal lost……라는 메세지와 함께
게임이 중단되고
몇 초 후에 signal found……라는 메시지와 함께
게임이 시작될 것이다.

게임이 시작되지 않는 경우도 있는데
그때는 인도주의 양파 연합의 노드 중 하나가
당신의 플레이에 거부권을 행사한 것이므로
IP 주소를 찾아내 협상 메시지를 보내야 한다.

이 과정은 통상 오프라인에서 이루어지는 행위이므로
예상치 못한 방향의 충돌이 발생할 수도 있다.
게임을 삭제하고
처음부터 다시 하는 것도 방법 중 하나이다…….

게임이 다시 시작되면
죽었음에도 불구하고 석희의 목소리가 들린다.

그러나 유저들은 곧 그의 목소리가
게임 속 NPC 더서브리미널키드와 다르다는 사실을
알게 된다.
NPC인 석희가 아닌, 실재하는 인간
'…'(일반적으로 유저의 지인)의
건조하고 권태로운 음성이 들려오고

30초 뒤에 「어니언 월드」 타이틀 화면이 재생되며……

.

.

.

.

．

．

．

．

．

．

．

．

．

．

40초쯤 지난 시점부터 이상한 문장이 낭송되기 시작한다.

NE: 데드스왑

인도주의 양파 연합이 이스탄불의 보스포루스 대교와 파티흐 대교에서 거래를 한다는 제보를 받고 출동. 아시아의 아나톨리아 반도와 유럽의 동트라키아 반도를 잇는 두 대교의 길이는 1.5킬로미터와 1.5킬로미터. 두 대교 사이의 거리는 10킬로미터. 보스포루스 해협에서 직선 거리로 쟀을 때의 이야기다. 차를 타고 대륙으로 이동하면 더 멀고 오래 걸린다. 에프와 지는 흩어져 현장을 감시하기로 했다. 에프는 보스포루스 대교로 향했고 지는 파티흐 대교로 향했다. 보스포루스는 밤이었고 어둠 속에 싸락눈이 내려 흑해의 고요한 표면과 버스의 천장, 리무진의 사이드미러, 트럭의 짐칸에 빼곡히 앉아 있는 야간 일용직 노동자들의 머리 위에 천천히 쌓였고 이제

막 해가 지기 시작한 파티흐에서는 대기 가득한 스모그 내부로 번져 가는 석양 빛을 등지고 세모꼴로 열을 지은 철새떼들이 현수교 위를 날아다녔다. 보스포루스 해협 위를 가로지르는 다리와 광섬유는 넘치는 차량과 데이터로 폭발할 지경이었다. 정보의 패킷을 운송하는 수단들은 서로 부딪치고 미끄러지고 소리 지르며 서서히 앞으로 나아갔고 가끔 알 수 없는 이유로 폭발하거나 추락하고 실종됐다. 나는 캔-D를 복용하고 계약에 따라 두 개의 대교에 동시에 존재한다. 보스포루스와 파티흐, 아시아와 유럽, 낮과 밤, 무죄와 유죄, 자연과 인공, 안과 밖, 현실과 예언. 그러므로 지금부터 기술하는 상황은 물리적이고 개념적인 거리를 두고 양 대교 위에서 벌어지는 일을 동시에 그러나 언어 구조의 선형적인 한계 때문에 교차해서 서술한다는 점을 기억하기 바람. 리는 고개를 끄덕였다. 참고로 리는 동트라키아 반도의 오르타쾨이 사원에 있는 카페에서 민트 티를 마시며 현장을 생중계하고 있다. 보스포루스 대교의 그늘이 드리워진 테이블에는 노트북과 머신 건이 올려져 있고 스크린에는 노바스페이스 라이브 화면이 재생 중이다. 통계적으로 봤을 때 모든 것은 최대 엔트로피를 향해 가는 경향이 있습니다. 리가 말했다. 스톡홀름의 공학자 야콥 팔메는 1984년 발표한 「당신의 메일함에는 읽지 않은 34억 개의 메일이 있습니다. 지금 당장 읽으시겠어요?」라는 글에서 다음과 같이 경고했죠. 이메일은 심각한 정보 과부하 문제를 일으킬 수 있습니다. 이러한 플랫폼은 구조상 발신자에게 통제권을 많이 주고 수신자에게는 적게 주기 때문입니다. 모두가 말하지만 아무도 듣지 않는 사회, 모두가 쓰지만 아무도 읽지 않는…… Fuck……. 다시 말해 이제부터 상황은, 서술은, 현실은 좀 더 하드보일드해질 겁니다. 무슨 말인지 아시죠? 우리 모두 인생에서 한 번쯤은 하드보일드한 상황과 맞닥뜨려야 하니까요.

NE: 전체적 정신에 속한 의식의 전체성

에이전트들은 그들이 체포하고자 하는 사람이 무슨 일을 하는 사람인지 모른다. 그들이 하는 행동은 순전히 형식적인 것이다. 체포 과정을 보증하는 법적 입회인은 현관 앞의 의자에서 졸고 있다. 나는 에이전시가 들이닥칠 때를 대비해 싸 둔 캐리어를 꺼낸다. 간단한 옷가지와 세면도구, 책 두 권. 그들은 캐리어를 거꾸로 들어 물건들을 쏟는다. 아무것도 가져갈 필요 없어요. 에이전트가 말한다. 그가 핸드폰을 압수한다.

우리는 건물을 나선다. 나는 에이전트들 사이에 끼여 자동차 뒷좌석에 앉는다. 아무것도 가져갈 필요가 없다는 말은 무슨 뜻일까. 그곳에 가면 모든 것이 다 있다는 뜻일까, 아니면 이제 어떤 것도 무의미하다는 뜻일까.

유치장 안에는 대령과 교사, 인턴으로 불리는 세 명의 사람이 있다. 한 철창에 정해진 인원은 넷인데 침대는 세 개다. 침대가 왜 세 개인지 아냐고 간수가 묻는다. 글쎄. 일종의 고문인가? 간수는 웃는다. 이런 말이 있습니다. "자유란 둘에 둘을 더하면 넷이 된다고 주장할 수 있는 것을 의미한다. 그것을 허용하면 다른 모든 것은 따라오기 마련이다."

대령은 정해진 시간 외의 모든 시간을 누워서 보낸다. 그는 키가 크고 비쩍 말랐으며 대머리에 그리스 정교회 사제의 수염을 지닌 남자다. 밖에서는 공군 중령이었지만 대령 진급 직전에 잡혀 왔다. 죄목은? 쿠데타. 수감자들은 존중의 의미로 그를 대령이라 부른다. 나는 묻는다. 정말 쿠데타를 일으키려 했어요? 대령은 고개를 끄덕인다. 정확히 말하면 쿠데타를 일으켰지. 실패했나요? 대령이 고개를 젓는다. 그 반대야. 성공했어.

#lore dump

백색 섬광…… 조각난 곤충의 비명 소리……. 나는 입에 금속 맛을 느끼며 죽음에서 다시 깨어났다.

조국의 외진 시골에서 사람들을 끌어내어 우리의 빈곤하고 불완전한 삶을 적나라하게 드러내는 것은 무엇 때문인가?

내가 기억하는 다른 세계, 부자연스러운 환경 속으로 강제

이주당해 살아가는 음울한 유사 인생은 실제로 존재하는지도 모른다.

우울은 과거의 상실에 대한 반응이고 불안은 미래의 상실에 대한 반응이다.

밖에 있을 때 나는 샤워를 좋아했다. 다른 사람들은 외출하기 위해, 청결을 위해 몸을 씻는다. 나는 샤워하기 위해서 샤워했다. 틈만 나면 욕조에 물을 받았고 따뜻한 물줄기 속에서 책을 읽었다. 뿌옇게 김이 서린 거울을 닦고 스크린에 비친 내 모습을 봤다. 때때로 얼굴이 낯설고 마음에 안 들지만 나는 머릿속에 두서없이 떠오르는 생각을 이어 갔다. 샤워는 자아와 세계의 위치를 설정하는 의식이었고 나는 거울의 반대쪽 면에 존재했다. 샤워는 내가 아니라 나 자신에게 주의를 기울이는 것에 주의를 기울이게 하고 나를 경험하는 것을 경험하게 하는 의식이었다. 나는 이것을 자-의식이라 불렀다. 사람들은 욕실에서 한 시간씩 나오지 않는 나를 이상한 사람 취급했지만 상관없었다. 나는 폭포 속의 동굴처럼 존재했다.

그래서 유치장에 들어온 이후에도 샤워만 할 수 있다면 괜찮을 거라고 생각했다.

샤워장은 복도 끝에 있었다. 우리는 줄 지어 그곳으로 향했다. 옷을 벗고 레버를 당겨 물을 틀고 고개를 들고 거울을 바라봤는데, 거울이 없었다. 갈라진 콘크리트 벽만 있었다. 샤워장 어디에도 거울은 없었다.

거울을 없앤 자는 뭔가를 알고 있는 게 분명했다. 물줄기 속에서 발끝을 내려다봤는데 물이 빠지는 배수구 속으로 내가 빨려들어가는 게 느껴졌다. 다른 수감자들은 이런 상황에 익숙한 듯 어디도 쳐다보지 않고 몸을 씻었다. 그들이 씻는 건 누구의 몸도 아닌 익명의 냄새나는 육신이었고 수감되고 소각될 또 하나의 유기물이었다. 나는 내가 사라질 거라는 사실을 알았다. 우리가 우리를 돌아볼 수 없다면 동물과 다름없다.

간수에게 거울을 달라고 요구했지만 묵살당했다. 거울은 없다. 하지만 걱정하지 마라. 아무도 니 얼굴에 신경쓰지 않으니까. 간수가 큰 소리로 웃으며 복도 저편으로 사라졌다.

그날 밤 유치장 바닥에 누워 있는데 누군가 속삭이는 소리가 들렸다. 침대 위의 사람들은 깊은 잠에 빠져 있었다. 멀리서 파도 소리인지 도로 위를 오가는 바퀴 소리인지 모를 소음이 들렸고 철창 너머 날벌레처럼 흩날리는 봄눈이 보였다. 달빛에 희끗희끗 드러나는 눈송이 몇이 어둠에 밀려 유치장 안으로 들어왔다. 다시 목소리가 들렸다. 나는 고개를 들고 주위를 둘러봤다. 침대 아래 깜박이는 두 개의 하얀 눈동자가 있었다. 여기야, 여기. 입은 보이지 않았다. 어둠 속에서 무언가 내게 말을 걸고 있었다. 지금 니가 보는 건 환각이야. 정신 차려. 나는 내가 이대로 미쳐 버리는 건 아닌지 걱정했다. 걱정 마. 너는 미친 게 아니야. 침대와 바다 사이의 어둠이 성대를 울리며 말했다. 어둠에 손을 집어넣으면 깊고 끈적한 위장 속으로 끌려들어갈 것 같았다. 넌 캔-D를 복용한 거야. 하얀 눈동자가 깜박였다. 시각은 눈이 뿜어내는 불이다. 시선은 횃불처럼 내 안으로 옮겨붙었다. 나는 기억을 더듬었다. 여기는 보스포루스 해협이고 미신 파괴자들을 위한 작전을 수행 중이야. 몇 개의 환각을 거치고 나면 현실로 운반될 거야. 나는 고개를 저었다. 무슨 소리야. 나는 독재 정권을 비판한 죄로 수감된 일간지 기자고 여기는…… 그리고 바닥이 일렁이는 게 느껴졌다. 음영이 정육각형으로 조각나며 균열 사이로 빛과 눈송이가 들어오기 시작했다.

의문은 캔-D가 기존의 연결을 해체하고 새로운 연결을 만들어 내는 방법이 아니라 이러한 연결이 물질적인 영역을 넘어서는 시점에 있다. 존행불이 처음 등장하기 시작했을 때 사회는 이들을 단순한 부적응자, 히키코모리, 정신병자, 중독자, 낙오자, 범죄자, 주민등록 말소자, 무국적자, 실종자라고 생각했다. 그들은 방이나 철창에서 나오지 않았고 온라인으로 소통했고 어느 순간 자취를 감췄으며 일정한 거주지나 파트너,

가족, 친구 없이 GPS의 좌표로 드러나고 사라졌고 웹 게시물로 존재를 표현했다. 수가 증가할수록 연결 자체를 연결하는 링크로 기능했는데 이는 모든 것이 연결되어 있다고 가정하는 음모론 특유의 망상 체계 때문에 가능한 일이었다. 연결을 위한 연결은 수소가 헬륨으로 헬륨이 베릴륨과 탄소로, 탄소가 단백질 분자로 결합해 중합체를 이루고 RNA와 생명을 창발했듯 물질적 현실의 영역을 창발시켰다. 그러나 시점과 메커니즘 모두 특정할 수 없었고 과정을 상상한다는 것 자체가 음모론으로 변질한 소지가 있었다. 인양연의 말은 목적도 의미도 일관성도 없고 실체도 없는 단지 지껄이기 위한 말, 말을 위한 말에 불과하다. 어떻게 없음에서 있음이 출현한단 말인가. 인양연은 일반적인 음모론자와 달리 세계의 비밀을 밝히려고 하지 않았고 고뇌와 고통 속에 빠져 있지도 않았다. 그들이 원하는 건 단지 더 많은 음모론의 확산이다. 대안 현실의 무한한 복제와 충돌, 연쇄. 캔-D는 과거와 미래를 연결하는 자아를 뒤집어 우울과 불안으로부터 우리를 해방시킨다. 우리가 몰랐던 건 우울과 불안이 존재와 인간성의 핵심 구성 요소였다는 사실이다. 그렇다면 우리는 무엇인가. 존행불은 묻는다. 세계는 끊임없이 반향하는 질문의 에코로 가득 찬다.

에프와 지가 동시에 흰색 밴을 덮쳤을 때 나는 뒷좌석에서 동료들과 함께 캔-D를 주사하고 있었다. 동료들은 모두 가족이었고 친구였으며 하나의 네트워크로 연결된 균사체 덩어리였다. 나는 그들의 과거와 미래를 여행했다. 단은 어젯밤 도시의 하수구에서 태어났다. 태어나자마자 포식자들에게 먹혔고 다시 태어났고 다시 먹혔고 현장을 덮친 해충 구제반에 의해 구조됐을 때는 새끼발가락 하나만 남은 상태였지만 인큐베이터 속에서 분홍빛 아기 원숭이로 복구되어 화염방사기와 엑스칼리버를 들고 기지를 탈취한 동료들에 의해 구출됐다. 어머니는 새로운 남자를 찾기 위해 채팅앱, 결혼정보회사, 뚜쟁이, 마약 클럽, 지방 카바레, 동네 선술집을 전전하다 기재부 공무원을 사칭한 사기꾼을 만나 매일 밤 정문에 횃불을 올리는 호텔에서 결혼식을 올리고 신혼여행 첫날밤 사기꾼과 동료들에게 교살당했지만 무덤에서 돌아와 사기꾼을 토막낸 뒤 에어프라이기에 튀겨 고양이들에게 나눠 줬다. 이스티히카이트(istigkeit). 나는 험프리 오스먼드다. 이스티히카이트는 isnees, 그것임, 본질적인 나 자신과 동일한 나. 나는 다토 로크 완 토다. 1915년 쿠알라룸푸르의 신식 병원에서 웅로크 유의 아홉 번째 자식으로 태어났다. 일본군의 폭격에 배가 침몰했을 때 눈이 멀었지만 자카르타의 병원에서 검은 새가 우는 소리를 들었고 닥터 살림 알리는 나를 조류학의 세계로 이끌었다. 나는 사라왁이고 일룸 바우라(Illum Baura)이며 XDS-940이고 종병의 화산수다. 나는 빗방울이 다이아몬드처럼 쏟아지는 것을 보고 본다는 것이 되는 것임을 알고 아는 것은 살갗을 만지고 파고들어 혈류 속에서 글로불린과 피브리노겐에 의해 조각나 시간과 공간이 존재하지 않는 세계 속으로 돌아가는 것임을 알고 아는 것은 냄새 맡는 것임을 안다. 소나기 내리는 날 케밥 트럭의 저장고에서 나는 냄새, 버려진 주물 공장 용해로의 녹에서 나는 냄새, 여름 베이징의 에어컨 고장난 버스를 탄 지장커의 셔츠에서 나는 냄새, 다뉴브 강이 보이는 발코니 테이블에 앉아 바람 섞인 토카이를 마실 때 입안에서 느껴지는 미각 피질과 코르티나 담페초의 겨울 길을 걷는 산책자가 내민 담뱃잎의 냄새. 나는 자그마한 크기의 종잇장으로 변해 보스포루스 대교와 파티흐 대교 위로 꽃가루처럼 흩날렸고 도로 위의 탱크로리가 폭발하고 공기 중의 분자가 결합해 불꽃이 솟구치는 광경과 에프와 지가 품에서 총을 꺼내는 동작의 디테일과 재킷이 구겨지는 패턴을 믿을 수 없이 천천히, 열렬히 심취해 바라본다. 리는 라이브 방송에 침투한 인양연 간부를 쫓아 마우스를 움직였고 실시간 댓글이 올가미로 변해 존행불이 깜박이는 허공을 날아다닌다. 나는 트랜실베이니아산 아마두로 만든 로퍼를 신고 시내를 가로질러 해 질 녘쯤 인류 최후의 약국에 들러 불행한 사람들의 구술에 대한 구술집을 읽는다. 저는 선의

와 이상을 목적으로 행동했습니다. 이러한 까닭에 저의 마음
은 고요하니 여러분 또한 그래야만 합니다.

SE: 전체적 정신에 속한 의식의 전체성

프랜은 열두 시간 정도 푹 자고 일어나 플라톤의 동굴 같은 어두침침한 반지하 원룸을 빠져나와 에스프레소 바에서 라떼를 마시며 멍하니 테라스에 앉아 있었다. 손에 잡히는 책을 아무거나 들고 나왔는데 지금 보니 무슨 책인지 짐작조차 할 수 없었다. The Waste Book. 18세기 계몽주의 사상가 게오르그 리히텐슈타인의 메모 노트로 뉴욕 리뷰 북스에서 나온 영어 번역본이었다. 이게 왜 내 손에 있는 거니. 프랜은 아무 페이지나 펴서 읽었다. 88. If tax had been imposed on thoughts at that time the tax would certainly have become insolvent. 만약 세금이 생각에 부과되었다면 세금이 파산했을 거라고? 구절들은 맥락 없이 쓴 단상이었고 해석이 맞는지 확인할 방법이 없었다. 단어나 문장이 어려워 해석이 불가능하다면 마음이 편할 것이다. 의미는 알 수 있지만 그 의미가 무엇을 의미하는지 알 수 없었고 그게 프랜을 답답하게 만들었다. 저자와 프랜 사이에 놓인 거리가 의미를 미아 상태로 만들어 버린 걸지도 모른다. 다시 읽어 보려 했지만 한 문장 이상 눈에 들어오지 않았다. 쓰나미에 휩쓸린 알파벳이 도시의 잔해와 함께 도로 위를 떠다녔다. 뒤집힌 맨홀에서 원형질 데이터가 분출됐고 유니콘을 구조하기 위해 출동한 헬기는 한강의 물결 속으로 흡수됐다. 무슨 일이 일어났어. 프랜은 뒷머리를 만지며 생각했다. 어제 일어난 일이 어떤 종류의 일인지 이해하려면 오랜 시간이 걸릴 것이다. 어떤 일은 뇌와 신체에 심원한 영향을 끼쳐 전과 같은 사고 방식을 유지할 수 없게 만든다. 신경회로의 연결 구조가 변형되는 것이다. 프랜은 뇌와 신체를 하나로 생각해야 할지 따로 생각해야 할지 의문이었다. 하지만…… 내가 이런 생각을 하는 게 무슨 소용이람. 프랜은 생각했다. 나는 뇌과학자도 아니고 철학자도 아니고 소설가도 아니다. 프랜은 사람들의 생각이 모두 쓸모 있는 (또는 없는) 세상을 상상했다. 존재하는 모든 정신 활동이 비트로 치환되어 대기 중에 디스플레이 된다. 산책할 때마다 연기처럼 흩어지는 생각에 부딪쳐야 하고 정부는 사고율에 따라 과세표준을 정해 세금을 부과한다. 지금 현재가 그것과 다르다고 할 수 있을까.

오늘은 출근 안 하셨나 봐요?

바리스타가 소형 종이컵에 담은 드립 커피를 내밀며 말을 걸었다.

새로 들어온 원두데 드셔 보세요.

바리스타는 호주 출신의 서퍼였지만 하프문 베이의 매버릭스에서 서핑 중 백상어에 다리를 물려 서핑을 그만두고 커피를 내리기 시작했다고 자신을 소개했다. 단골인 프랜은 카페에 올 때마다 손님들에게 반복되는 바리스타의 레퍼토리를 들었다. 커핑과 서핑은 영혼을 치유한다는 공통점이 있죠.

커피가 맛없다면 이 작자를 살려 두지 않았을 것이다……. 프랜은 생각했다. 다행히 바리스타는 커피를 잘 내렸고 눈치가 빨라 수다를 떨다가도 프랜의 인상이 어두워지면 입을 다물었다.

쉬는 날이에요.

프랜이 말했다.

원래 월요일에 쉬지 않으세요?

바리스타가 말했다. 프랜은 바리스타를 물끄러미 바라봤다. 맞는 말이다. 오늘은 금요일이고 평소라면 출근해야 한다. 프랜은 바리스타의 친절과 기억력이 짜증났다. 쉬는 이유를 설명하는 게 스쿼트와 플랭크를 반복하는 것처럼 번거롭게 느껴졌다. 연차 썼다고 둘러댈 수도 있다. 그러나 그러면 바리스타는 또 질문하겠지. 연차 쓰고 좋은 데 가시나 봐요? ……. 내가 너무 까칠한 걸까. 그럴지도 모른다. 하지만 진짜 문제는 오늘 쉬는 이유를 프랜 자신도 진심으로 설명할 수 없다는 데 있다. 어제 야근을 했고 분홍색 유니콘을 쫓아 인라인스케이트장에 갔으며 NFT를 훔친 용의자들의 흰색 밴을 찾았고 고스트건이 불을 뿜었고 경찰서에 갔다?

메타플렉스는 평소와 다름없이 운영됐다. 신신은 벌금을 내고 추방됐지만 갤러리는 그대로였고 잭슨 주 역시 매일 트리고를 타고 출근했다. 불법 총기 소지와 관련된 법 조항에 따르면 징역감이지만 강력한 변호인단이 붙어 일이 쉽게 마무리됐다고 한다. NFT 해킹 문제에 대한 기사는 찾아볼 수 없었다. 유진과 필립은 그날 밤 있었던 일을 함구했고 흰색 밴 역시 더 이상 나타나지 않았다.

그러나 그날 밤 일이 꿈이 아니라는 사실은 공돌이와 정키 덕분에 알 수 있었다. 공돌이는 변했다. 실어증에 걸린 사람처럼 말을 잃어버린 것이다. 사건 당일 날 밤, 프랜은 총성과 외침 소리를 듣고 서둘러 뛰어갔다. 노들섬이 보이는 한강변의 버려진 인라인스케이트장 부근이었다. 멀리서 트리고를 타고 사라지는 신신과 잭슨 주의 뒷모습이 보였다. 흰색 밴이 강변에 기우뚱하게 세워져 있었다. 프랜이 숨을 죽이고 밴으로 다가가는데, 검은 그림자가 강에서 쑥 하고 올라왔다. 공돌이였다. 공돌이는 온몸이 흠뻑 젖은 채 알아듣기 힘든 말을 계속 중얼거렸다. 신신이 총을 쐈다고, 한강에 시체가 있다고. 구역질을 할 때마다 목구멍에서 강물이 역류했다. 곧 앰뷸런스가 왔고 공돌이가 실려갔다.

프랜과 공돌이는 경찰에 자신들이 본 사실을 진술했지만 아무 일도 일어나지 않았다. 신신의 추방은 파티장에서 사용한 불법 총기 때문에 일어난 일이었다. 프랜은 회사에서 만난 공돌이에게 정확히 뭘 봤냐고, 무슨 일이 있었던 거냐고 물었지만 공돌이는 고개를 저었다. 모든 게 확실해지기 전까지는 입을 다물겠다는 거였다. 그렇지만 더 이상 메타북스나 잭슨 주를 신뢰하거나 존경하는 마음은 없었다. 공돌이의 눈에는 회사의 모든 것이 관찰 대상이었고 음모의 증거였다. 그가 유일하게 의지하는 대상은 프랜이었다. 공돌이는 사건과 이후의 전개 과정, 메타플렉스를 둘러싼 소문을 조사하고 정보를 프랜에게 공유했다.

정키는 출근하지 않았다. 다음 날에도, 그 다음 날에도, 그 다음 날에도. 프랜의 전화도 받지 않았다. 며칠 후 유진이 정키가 회사를 졸업했다고 말했다. (메타북스는 퇴사를 졸업이라고 표현했다. 영원한 배움의 과정인 삶에서 하나의 코스를 완수했다는 의미로……) 정키의 자리는 깨끗이 치워졌다. 정키가 빌려 간 트리고는 어느새 반납되었다. 지우가 즤에게 들은 바에 의하면 정키는 그날 밤 엘의 집을 찾아냈고 아마도 남편과 격투를 벌인 듯했다. 너무 창피하다고 생각했기 때문에 프랜과 지우는 그 이야기를 길게 하지 않았다. 다만 정키가 흠씬 두들겨 맞았을 거라고 짐작했다.

그리고 메타플렉스가 신신의 갤러리 NKL을 인수했다는 소식과 잭슨 주가 메타플렉스 전체 CEO가 됐다는 소식이 전해졌다. 공돌이는 신신이 메타플렉스의 주주이자 이사이고 잭슨 주는 NKL의 지분을 가지고 있었다고 말했다. 둘 모두 매도자인 동시에 매수자인 셈이다. 꽤 남는 장사였을거야. 한국 진출을 준비 중인 아마존이 MCU를 인수할 거라는 소문이 돌았고 곧 IPO 등록 신청서를 낼 거라는 소문도 돌았다. 직원들은 대박이라며 수근거렸지만 이게 정말 어떤 의미인지 아는 사람은 없었다. 메타북스는 터무니없을 정도로 적자였고 메타플렉스 전체가 어떻게 수익을 남기는지, 수익을 남길 생각이나 있는지 알 수 없는 상태였지만 그건 중요하지 않았다. 쉽게 말해 기업공개 아니면 파산이야. 공돌이가 말했다. 프랜은 생각했다. 우리 삶에 직간접적으로 영향을 미치는 일이 벌어지고 있지만 우리는 절대 그 속사정을 알 수 없다고, 안다 해도 되돌리거나 움직일 수 없고 움직인다 해도 우리가 원하는 방향으로 흘러가지 않을 거라고. 그것이 때로 우리를 절망하게 할지 모르지만 대부분의 경우 아주 작고 표면적인 일을 통제하고 실천하는 것에 만족하며 살 거라고.

지우는 그런 관점으로서의 세상을 블랙박스라고 불렀다. 다들 스마트폰을 조작하지만 스마트폰이 어떤 원리로 작동하는지는 모른다. 세상은 블랙박스가 증폭하는 형태로 나아가고 있다. 우리를 둘러싼 모든 기기, 사물, 조직, 제도, 관계들이 블랙박스가 될 것이다. 블랙박스를 만든 사람조차 블랙박스를 이해하지 못할 것이다.

데저트 핫 스프링스

데저트 핫 스프링스가 어딘지 알아?

정키가 보낸 편지의 첫 문장이다.

데저트 핫 스프링스는 캘리포니아 리버사이드 카운티에 있는 소도시다. 콜로라도 사막과 천연 온천 덕에 20세기 중반 이후 휴양도시로 발전했지만 대단히 알려지거나 흥한 곳은 아니다. 중산층 이하 내수 관광객 수요로 근근이 명맥을 유지했고 가끔 관광객들이 데저트 핫 스프링스의 온천을 개발한 프리메이슨 카보트 에르사의 유적을 찾았다. 카보트 에르사는 쿠바 시가 수입업으로 돈을 만진 사업가이자 예술가였고 UFO와 인디언 문화를 신봉하는 프랑스 유학파 출신의 우체국장이자 컬렉터였다. 한 사람이 갖기엔 너무 많은 직함이라고 생각할 수 있지만 19세기 후반에서 20세기 초반 북미의 광란을 생각하면 그리 드문 일은 아니었다. 이런 사람이 선인 장만큼 널렸다고 정키는 말했다.

정키는 데저트 핫 스프링스의 마운틴 로드 끝에 있는 호텔에서 일했다. 걸어서 5분 거리에 카보트 에르사가 직접 지은 원주민 양식의 박물관이 있다. 조악한 곳이지만 독특한 운치가 있어. 정키가 말했다. 원하면 같이 가도 좋고.

정키가 일하는 호텔의 이름은 '비트(bit)'였다. 비트 제네레이션의 '비트(beat)' 호텔을 계승한 곳으로 흰색 외벽의 2층 건물이었다. 총 여덟 개의 객실이 있으며 수영장과 직원용 숙소가 딸려 있다. 정키는 직원용 숙소에 묵는 유일한 상주 직원

이었고 매주 주말 두 명의 푸에토리코인이 일을 도왔다. 현 소유주인 마크 반 더 월도 상주 직원 출신이었다. 프리랜서 저널리스트 시절 취재 차 호텔에 묵었다가 직원이 됐고 결국 주인이 됐다고 했다. 이렇게 될 줄 몰랐지. 대단한 기자가 될 줄 알았는데 촌구석 모텔 사장이라니요. 마크는 자조적으로 말했지만 그리 불행해 보이진 않았다. 아니, 오히려 호텔을 지나치게 사랑했고 이제는 몸과 마음 모두 호텔과 하나가 됐다고 해도 과언이 아니었다. 제가 묵을 때만 해도 호텔 이름은 beat였습니다. 그렇지만 bit가 되었지요. 이상한 일이지만 제 이야기를 들으면 그리 이상한 것만은 아닐 겁니다, 라고 말했다고 정키가 말했다.

비트 호텔은 본래 파리의 좌안, 지르쾨르 가(Rue Git-Le-Coeur)에 있던 호텔을 뜻한다. 그 시절 비트 호텔은 파리에서 가장 싼 호텔이었다. 1957년에서 63년 사이, 앨런 긴즈버그와 그레고리 코소, 윌리엄 버로스 등 비트 작가들은 검열과 가난을 피해 이곳으로 숨어들었다. 주인인 마담 라슈는 근엄한 인상의 중년으로 나치 시절에는 레지스탕스와 유대인을 호텔에 숨겼고 전후에는 공산주의자와 동성애자, 약쟁이들을 숨겼다. 마담 라슈는 간섭하지 않는 대신 청소를 하지 않았다. 게스트가 직접 시트를 빨고 변기를 닦아야 했다. 영국에서 온 신출내기 사진작가 해럴드 채프먼은 매주 청소와 빨래로 반나

절을 보냈다. 아마 내가 유일했을 거야. 나머지 사람들은 그냥 더럽게 살았거든. 채프먼은 파리 여행 중 운 좋게 이 호텔에 불시착했다. 돈이 떨어져 노숙하던 그를 웬 시인이라는 작자가 끌고 온 것이다. 로비에 들어서는 순간 시궁창이라고 생각했지만 왠지 모르게 친근했다. 마담 라슈는 다락방을 내줬고 채프먼은 고향에 온 것 같은 편안함을 느꼈다. 사실대로 말하면 그는 한번도 고향인 남부 잉글랜드에서 편안함을 느낀 적이 없었다. 그런 의미에서 그의 진정한 고향은 비트 호텔이었다. 서른 살에야 처음으로 자신을 환대하는 공간을 찾은 것이다. 채프먼은 다락방에 2년 동안 묵으며 호텔과 비트 작가들을 카메라에 담았다.

한번은 그레고리 코소의 방에 갔어요. 낮에도 엄청 어두웠지. 반쯤은 그림자에 가려 있어서 뭐가 있는지도 모르겠고 바닥은 온통 종이 쪼가리와 음식 쓰레기들이고. 그래도 냄새는 안 났는데 그건 아마 마리화나 때문이었던 같애. 다른 냄새를 잡아먹을 만큼 독했거든. 그렇게 앉아서 창가에 기댄 그렉을 찍는데 방 안쪽의 그림자가 꿈틀거리는 거야. 깜짝 놀랐지 뭐. 잠시 후에 중절모를 쓴 흰색 번데기 같은 남자가 기어 나오더군. 뭐지 싶었어. 진짜 기어 나왔거든. 윌리엄 버로스였어. 그때 처음 봤지. 누군지도 몰랐어. 듣도 보도 못한 이상한 억양으로 중얼거리더군. 사진은…… 젠…… 과…… 같다…….

나는 카메라를 들고 멍하니 있었어요. 뭘까, 이 약쟁이 새끼는. 진짜 미친 놈이다, 라고 생각했어. 그에 비하면 그렉은 신사였어. 히피긴 했지만 맑은 사람이었지. 그러나 빌은…… 안면 근육에 이상이 생긴 것 같았어. 감정이 안 느껴졌거든. 나보고 말을 하지 말라더군. 사진을 찍을 생각이면 말은 하지마, 라고 했어요. 언어는…… 바이…… 러스…… 다……. 그리고 되감기라도 한 것처럼 다시 기어서 어둠 속으로 들어갔어. 오싹했지. 그렉한테 물었어. 저 사람 밥은 먹어요? 그렉이 고개를 젓더군. 집에 돈이 많아.

어쨌든 해럴드 채프먼은 그날 이후 2년 동안 말을 하지 않았다. 묵언 수행을 하는 스님처럼 움직였고 비트 작가들과 파리를 쏘다녔다. 버로스도 자주 봤지만 인간적인 소통은 없었다. 다행히 버로스는 카메라를 좋아했고 사진 찍히는 걸 두려워하지 않았다. 그는 기계를 사람보다 편하게 생각했고 사람들과 직접 대화를 나누는 것보다 녹음기에 녹음한 말을 들려주는 걸 선호했다. 아마 할아버지가 계산기를 발명한 사람이라서 그럴 겁니다. 코소가 말했다.

그러나 캘리포니아의 비트 호텔은 파리의 호텔이 아닙니다. 마크 반 더 월이 말했다. 반쯤은 파리의 호텔이기도 하지만 공간적으로 참고한 건 탕헤르의 빌라 무니리아예요. 탕헤르와 파리 사이에 캘리포니아가 있는 거지요.

탕헤르의 빌라 무니리아는 윌리엄 버로스가 『네이키드 런치』를 쓰기 시작한 곳이다. 당시 모로코는 제국주의 프랑스에 맞선 무장봉기로 들끓었고 탕헤르는 식민지 경찰과 혁명가, 반동분자, 강도, 주정뱅이, 창녀, 약쟁이, 동성애자로 가득했다. 버로스는 그 모든 소요의 한복판을 약에 취해 서너 시간씩 걸어 다녔다. 미국과 멕시코에서 저지른 모든 악덕과 악몽을 떠올리며 말이다. 플로리다에 살던 그의 아들 버로스 주니어는 아버지의 부름을 받고 탕헤르에 도착했지만 보살핌은 받을 수 없었다. 빌라 무니리아에는 마리화나와 하시시가 가득했고 아버지의 연인 이안 소머빌은 약에 취해 방을 굴러다녔다. 버로스 주니어도 곧 마약에 빠졌고 이안 소머빌과 함께 탕헤르의 바를 전전하고 싸구려 가수들과 어울려 언덕을 뛰어 내려갔다. 이안 소머빌은 상냥한 사람이었고 그때를 떠올리면 즐겁기도 합니다. 버로스 주니어는 회고록에 썼다. 그러나 당시 그는 겨우 열세 살이었고 아버지인 버로스는 새 소설에 빠져 아들과 연인을 방치했다. 버로스 주니어는 밤마다 악몽을 꿨고 향수병을 앓았다. 이안 소머빌은 오지 않는 연인을 기다리며 윌리엄 그레이 월터의 *The Living Brain*을 읽었고 그때 처음 드림 머신의 초안을 떠올린다.

눈을 감고 있는데 런던의 튜브를 탄 것처럼 빛과 어둠이 덜컹거리며 교차하는 게 느껴졌어요. 향수병을 앓는 건지, 아니면 모로코 생활은 꿈이고 지금 내 몸은 지하철 좌석에 구겨져 있는 건 아닌지 혼란스러웠지요. 실이 끊긴 연처럼 기억이 어둠 속으로 빨려 들어갔고 내가 어디 있는지 내가 누군지 잊어버렸죠. 마약도 안 했는데 트랜스 상태를 경험한 거예요. 눈을 떠 보니 하시시에 취한 버로스 주니어가 창문으로 들어오는 해변의 태양을 잡으려고 허우적대고 있었어요. 그의 길쭉한 손가락 사이로 빛이 깜빡였지요.

이안 소머빌은 브리이언 기신과 함께 드림 머신을 개발했다. 드림 머신은 눈을 감고도 볼 수 있는 인류 최초의 예술 작품입니다. 빛과 전기의 힘으로 트랜스 상태를 경험할 수 있는 장치, 정부와 경찰, 부모와 연인의 간섭 없이 환각을 체험할 수 있는 장치. 플러그를 연결하고 드림 머신의 동작 속에 얼굴을 밀어 넣으면 경계 너머로 갈 수 있지요. 버로스는 긴즈버그에게 보내는 편지에 드림 머신이 티브이를 능가하는 발명품이 될 거라고 썼다. Dear 앨런. 여기선 모든 바들이 밤새 문을 열어. 나는 아이리쉬 배달부, 포르투갈 상인과 함께 눈부시게 아름다운 아랍 소년에게 추파를 던져. 테이블 위에는 선원 출신 레즈비언 커플이 춤을 추고 거스는 훔친 스위스 시계를 흔들며 말해. 사는 건 좆 같다고, 탕헤르는 세계의 끝이라고, 인간 말종들이 오는 곳이라고. 나도 한때 꿈이 있었지만 한참 전에 포기했고 지금은 거죽만 남았지. 너는 어때? 돈에 대해 아는 게 있어? 조금이라도 이해할 수 있어? 나는 매일 밤 생각해. 아침이 오지 않았으면 좋겠다고. 사는 게 너무 무섭고 막막하다고. 술에 취해 깨지 않았으면 좋겠고 영원히 밤이 지속되면 좋겠어. 줄지어 늘어선 청동 침대 건물 사이를 잇는 그물 침대 연기와 수증기가 뒤섞인 욕조에서 먹고 마시고 잠들고 섹스하는 아편 중독자들 성기에서 식물이 자라고 배 속에서 부화한 갑각류가 피부를 찢고 나와. 나는 뭐라도 조금 써 보려고 해. 타자기 앞에 앉아서⋯⋯ 레즈비언 커플이 텅 빈 회색 눈으로 나를 보며 말해. 뭘 꼬나봐? 니가 나에 대해 뭘 알아? 더러운 약쟁이 놈. 너 같은 놈들의 잘난 척은 신물이 나. 이 도시는 여러 차원으로 연결되어 있어. 유카탄에서 온 로버트 발로우의 편지를 받았어? 그는 몇 해 전 죽었지만 요즘도 편지가 도착해. 원주민의 언어로 멕시코시티에서 꾸는 꿈들에 대해 쓴 편지야. 무슨 말인지 하나도 모르겠지만 글이 막힐 때면 알파벳을 따라 읽곤 해. 나도 알아. 새로운 접근이 필요하다는 걸. 과거의 나를 잊고 앞으로의 모든 계획도 잊고 지금 떠오르는 것들, 지금 내 귀에 들리는 것들에 집중해야 하지. 하지만 그게 가능한지 모르겠어. 시간은 습관이야. 악몽의 연대기 중서부 교외 도시의 회색빛 공포. 나는 모든 경계심을 버리고 의사의 아들을 만나. 그는 돈이 필요하지. 나는 그가 필요하고. 사르가소에서 만날까. 나를 이대로 버려두지 마.

긴즈버그는 뉴욕에서 버로스가 보낸 편지를 받았고 이것들을 출간해야 한다고 생각했다. 우리는 미국을 떠야 하고 버로스는 계속 글을 써야 해. 『네이키드 런치』는 조각조각 흩어진 편지를 이어 붙이며 시작됐고 쪼개진 꿈, 환각, 안부 인사, 절망, 비참함, 추신, 부탁으로 얼룩지고 희미해진 장소들의 집합이었다. 버로스는 그곳을 인터존이라고 불렀고 1980년대, 말년의 버로스와 함께했던 비서이자 유령 작가였던 스티븐 로우는 비트호텔이 실존한다면 인터존이어야 한다고 생각했다.

2001년, 버로스가 죽고 4년 뒤, 스티븐 로우는 데저트 핫 스프링스에서 가장 오래된 호텔 몬테카를로를 비트호텔로 개조했다.

스티븐에 대해선 더 많은 이야기가 필요할 거야. 하지만 지금은 여기까지만 할게.

정키가 말했다.

중요한 건 스티븐 로우가 호텔을 오픈한 지 얼마되지 않아 호모포비아와 에이즈의 습격으로 목숨을 잃었다는 사실이다. 스티븐 로우의 쌍둥이 동생은 호텔과 남은 유산 모두를 경매에 넘겼고 호텔의 상주 직원이자 스티븐 로우의 유령 작가였던 마크 반 더 월은 오랜 시간 사막을 떠돌아야 했다. 그러나 운이 따른 건지 마크는 15년 후 호텔을 다시 인수하게 된다.

호텔에서 일할 당시 손님으로 왔던 사이퍼펑크의 지도자 티머시 메이의 기분을 맞추기 위해 구매해 둔 비트코인이 있었고 하루 아침에 백만장자가 된 것이다. 데저트 핫 스프링스의 호텔 쯤은 열 개도 살 수 있는 금액이었죠. 마크가 말했다.

새롭게 오픈한 비트호텔의 첫 손님으로 할아버지가 된 해럴드 채프먼이 방문했다. 그는 하나의 방에서 수십 개의 방을 경험했고 수십 년 전 파리의 비트호텔에서 피터 오를로프스키와 장 자크 레벨이 부른 듀엣송을 들을 수 있었다. 택시 안에서 신발은 벗지 마, 달링. 우리가 그곳에 도착했을 때를 기억해. 다-운, 다-운, 허니. 여덟 시? 일곱 시? 시간은 머리 위로 흘러내리지. 서둘러, 서둘러. 내일 밤 그곳 다크타운 홀.

비트호텔의 전통은 신중하게 계승됐다. 호텔 문을 통과하는 순간 차원이 달라지고 이동이 거리와 위치에 구애받지 않으며 벽을 정신의 탬플릿으로 사용할 것. 마크는 호텔을 인수하고 1년 후 코로나 바이러스로 죽었지만 죽기 직전 테라셈과 한 계약 덕분에 뇌를 비트호텔의 운영체제에 업로딩할 수 있었고 호텔을 팔아넘기지 않고 지킬 수 있었다.

정키는 비트호텔의 매니저였다. 하루 일과가 끝나면 풀에 앉아 샌 하신토 마운틴을 보며 책을 읽는다고 했다. 마크와 매일 이야기를 나눴고 보스가 사람보다 운영체제인 편이 낫다는 생각을 종종 했다.

호텔 역사는 여기까지 할게. 정키가 말했다. 우리에겐 아직 시간이 있지만 시간이 남아도는 건 아니니까.

정키는 호텔에 빈방이 있다고 했다. 직원 가족은 무료로 묵을 수 있어. 너희들이 가족은 아니지만, 마크는 신경 쓰지 않을 거야.

내 말이 이상하게 들릴지도 모르지만 내가 한 이야기는 모두 진짜야. 정키가 말했다. 프랜에게 연락이 늦어 미안하다고, 여기 꼭 왔으면 좋겠다고 하면서 말이다.

하고 싶은 말이 많아. 지금 호텔 방에는 앤드류 맥도널드의 『터너 다이어리』를 든 신나치주의자들이 묵고 있어. 『터너 다이어리』가 뭔지 알지? 비트호텔이 두 세계를 잇는 노드라나. 레딧의 비트 게시판에 들어가 봐. 요즘 그것 때문에 난리야. 마크가 운영체제로 업로드될 때 맺은 계약 때문에 비트호텔의 동 하나를 임상약물실험센터로 기증했거든. 나는 뭐가 어떻게 된 건지 모르겠어. 예전에는 삶에 연속성이 있다고 믿었는데 실제로 있는 건 간극뿐이라는 생각이 들어. 사막, 선인장, 한낮의 바람, 온천수, 골드 카마로, 샌 하신토의 동굴. 떨어져 있다는 사실을 긍정적으로 생각할 수 있어? 우리가 거지같이 산 게 아니라고 말이야.

프랜은 지우에게 편지를 공유했다. 이메일이었으므로('편지'

는 정키의 표현이다.) 전달하기만 클릭하면 됐다. 정키한테 온 메일 공유함. 책을 너무 읽더니 좀 이상해졌나 봐.

데저트 핫 스프링스는 우리 학교에서 멀지 않아. 지우가 말했다. 그는 UC 버클리에서 박사과정 중이었다. 지우가 어쩌다 UC 버클리로 흘러 들어갔는지는 묻지 말자. 버클리는 지루했고 지우는 영상통화를 할 때마다 물구나무서기를 했다.

무슨 짓이야? 프랜이 물었다.

캘리포니아는 LSD가 합법이야. 지우가 말했다.

그리고 정키는 미친 게 아닐지도 몰라.

뜯어볼수록 의미심장한 내용으로 가득한 편지라는 거였다.

『터너 다이어리』는 물리학자인 윌리엄 피어스가 앤드류 맥도널드라는 가명으로 쓴 디스토피아 소설이다. 1978년, 윌리엄 피어스가 설립한 출판사 내셔널 얼라이언스에서 출간했고 충격적인 내용 덕에 거의 모든 나라에서 금서가 됐다. 그러나 극우파는 이 책을 성서로 생각했다. 원본은 암시장에서 고가에 거래됐고 복사본은 다크넷을 통해 널리 퍼졌다. 내용은 다음과 같다.

가상의 미래, 자유를 억압하는 '시스템'이 미국을 지배하고 총기 소지가 금지된다. 모든 표현은 PC를 근거로 억압받고 혐오 표현이나 증오 표현이라는 이유로 법의 제제를 받는다. 유대인, 흑인, 아시아인 이민자와 외국인이 미 대륙을 지배하고 백인을 대체한다. 전기공학자이자 폭탄제조전문가인 순수 백인남자 얼 터너는 '오르가니제이션'의 멤버로 들어가 '시스템'과 맞선다. 1993년 8월 1일, 일명 로프의 날, 비순수인종을 옹호한 배신자 백인들은 거리에 목매달리고 '화이트 아메리카'를 위한 본격적인 인종 청소가 시작된다. 오르가니제이션은 뉴욕과 이스라엘에 핵탄두를 쏘고 핵전쟁이 발발한다. 미국에서만 6,000만 명이 사망한다. 최후의 결전에서 얼 터너는 핵탄두를 품에 안고 펜타곤에 가미가제식으로 달려들어 장렬히 전사한다. 승리를 쟁취한 오르가니제이션은 후환을 방지하기 위해 핵과 생화학 무기를 동원, 중국과 아시아 전역을 인간이 살 수 없는 불모지로 초토화시킨다.

『터너 다이어리』는 여러 면에서 위험한 소설이었다. 약자와 억압, 저항의 개념을 전유했고 테러를 지배자에 대항하는 반란과 혁명으로 만들었다. 이제 스스로를 피해자라고 믿는 자들은 누구나 피해자가 될 수 있었다. 더 큰 문제는 실제 활용할 수 있는 무기 제조 방법이 상세하게 기록되어 있다는 점이었다. 『터너 다이어리』는 문자 그대로의 리얼리즘이며 참여 예술이었다. 극우파는 소설을 행동 지침 삼아 테러를 저질렀다. 168명이 죽은 1995년 오클라호마 연방 청사 폭탄 테러가 대표적인 케이스다. 테러의 주범인 티모시 멕베이는 질산암모늄 비료와 니트로메탄으로 만든 2.268킬로그램짜리 폭탄을 트럭에 싣고 중얼거렸다. "식 셈프르 티라니스(Sic semper tyrannis)." 독재자의 말로를 보라.

문학이 여전히 영향력이 있을까? 1862년 에이브러햄 링컨은 『톰 아저씨의 오두막』을 쓴 해리엇 스토에게 말했다. 자그마한 여성분이 위대한 전쟁을 발발시킨 글을 쓰셨군요. 100년이 지난 후, 반대 방향에서 같은 일이 일어났다. 문학이 영향력도 없고 의미도 없다고 생각하는 시대에 말이다. 진실은 우리를 혼돈 속으로 밀어 넣었다.

그렇지만 트럼프의 재선 실패 이후 소수 극우파들은 깨닫는다. 세상을 변화시키기 위해선 다른 방법이 필요하다고.

그들은 사람의 정신을 지배해야 한다는 사실을 깨달았어. 지우가 말했다.

그들에 따르면 현대의 정신은 밈에 의해 지배된다. 여기서 밈은 한국에서 흔히 말하는 짤방보다는 리처드 도킨스의 원래 정의에 가깝다. 그러나 완전히 같긴 않다. 그들은 음모론도 밈으로 생각한다. 그들에게 밈은 관념이며 아이디어고 믿음이며 이야기이고 기술이며 생존 방식이다. 밈은 문명과 함께 탄생했지만 인간보다 오래 존재할 것이며 행성의 모든 유기체와 사물로 퍼져 나갈 것이다. 우주는 밈플렉스가 될 것이다. 그들은 bit가 이것을 가능하게 만들 거라고 했다. bit는 생명의 근원이자 우주의 작동 원리였다. 모든 존재, 모든 입자, 모든 힘의 장, 시공간 연속체 자체가 비트로부터 기능, 의미, 존재를 얻는다. "비트에서 존재로." 이들 비트 원리주의자들은 alT biT righT, 약칭 TTT로 불렸다. TTT의 지도자는 얼 터너 주니어라는 가명을 쓰는 트랜스 휴머니스트 영지주의자로 닷컴 버블 초기 아무 짝에 쓸모없는 마케팅 알고리즘을 개발한 스타트업을 쓸모없다는 사실이 밝혀지기 전에 아마존에 매각해 큰 돈을 번 인물이었다. 지금은 벤처 투자 회사를 운영하며 급진적 미래를 준비하는 이니셔티브를 운영한다고 인터넷 게시판에 떠벌리고 다녔는데 구체적인 신상은 알 수 없었다. 어쨌든 유저들은 그가 레이 커즈와일을 뛰어넘는 천재라고 생각했다.

정키는 얼 터너 주니어와 TTT의 핵심 멤버들이 비트 호텔에 장기 투숙 중이라고 썼다. 임상약물실험센터에서 맥각 알칼로이드 계열 신약을 투여받는 프로젝트에 참여했다는 것이다. 그들은 사이키델릭 약물이 인간을 "존재에서 비트"로 바꿀 수 있다고 생각했다.

더 놀라운 건 신신이 그들과 함께 있다는 사실이야.

신신? 갤러리 사장?

응. 거기서 뭘 하는지 모르겠지만 말이야. 지우가 말했다.

너무나 많은 다른 세계가 존재하기 때문에 한 세계가 존재할 수도 있는 모든 방식은 다른 어떤 세계가 실제로 존재하는 모습이기도 하다. 그리고 이것은 세계뿐 아니라 세계의 부분에 대해서도 마찬가지다. 한 세계의 어떤 부분이 존재할 수 있는 방식이 너무나도 많고 또 너무나 많고도 다양한 다른 세계들이 존재하기에 한 세계의 어떤 부분이 존재할 수도 있는 모든 방식은 또 다른 어떤 세계의 어떤 부분이 실제로 존재하는 방식이다.

프랜은 인생에 어떤 일도 일어나지 않을 거라고 생각했다. 이런 생각을 하기에는 이른 나이일 수도 있지만 시간이 흐른다고 달라질 거라는 생각은 들지 않았다. 앞으로의 삶이 어떻게 될지 예상할 수 없었는데 그래서 기대된다거나 설레는 것도 아니었다. 프랜이나 정키 같은 종류의 사람들이 10년 뒤 20년 뒤에 어떤 삶을 이룰지 그들로 이루어진 사회가 어떤 형태일지 무슨 의미일지 짐작할 수 없었다. 프랜은 가족을 만들 생각이 없었고 직업적인 목표도 없었다. 부자가 되고 싶지도 않았고 사회적인 대의가 있지도 않았다. 대체로 진보적인 의견에 동조했지만 그것을 위해 노력해야 한다는 생각은 들지 않았다. 예를 들면 환경 문제 같은 것. 우주가 무한에 가까울 정도로 크고 역사가 오래되었다면(입자의 관점에서 볼 때 역사라는 개념은 코미디였지만) 지구가 사라지는 건 문제가 아니었다. 프랜이 답답한 건 그에 비해 훨씬 지엽적인 불의였지만 이것을 대의나 목표, 의미와 연결할 수 없었다. 잭슨 주 같은 부유층의 경이로운 어리석음과 계속되는 부정, 그럼에도 이어지는 사회적 인정과 지위 상승. 음모론을 맹신하고 인종차별적인 범죄를 저지르고 미신을 믿는 사람들. 사람들이 사고하고 행위하는 원리를 알고 싶었지만 그뿐이었다. 하지만 안다는 것은 영향을 미치는 것이다. 프랜은 거리를 두고 일상의 평온함, 조금의 쾌락과 여유를 즐기고 싶었지만 사회는 책임감 없는 삶을 허락하지 않았다. 프랜은 자신의 성향이 개인적인 것이 아니라고 생각했다. 정키와 공돌이, 지우와 긔는 어떤 삶을 살까. 마흔 살, 쉰 살, 그 이후 우리의 삶을 지금 중장년층의 삶과, 지금까지의 세계와 등치시킬 수 있을까. 프랜은 그 사이에서 어떤 연속성도 의미도 찾을 수 없었다.

아타리 다이어리

1월 20일

어제는 눈이 내리고 먹구름이 가득했다. 오늘은 날이 갰
다. 프랜과 나는 합정에서 공항 버스를 기다렸다. 양화대교
방면에서 강한 바람이 불었고 겨울 햇살이 도로 위로 쏟아졌
다. 질척해진 눈을 밟는 아이들이 보였다. 서울은 이렇게 추
운데 샌프란시스코는 영상 15도라고 한다. 프랜은 무표정한
얼굴로 창밖을 봤다. 설레? 내 물음에 프랜이 고개를 끄덕였
다. 설레지. 나는 구글맵으로 경로를 다시 확인했다. 샌프란
시스코에서 버클리까지, 버클리에서 데저트 핫 스프링스까
지. 차로 총 10시간 35분. 지도를 보는 것만으로 가슴이 두근
거린다. 프랜이 내 핸드폰을 슬쩍 본다. 저장한 장소가 몇 개

야? 204개. 너무 많아? 프랜은 어깨를 으쓱했다. 난 안 갈 거야. 나는 고개를 끄덕였다. 나도 안다, 니가 안 갈 거라는 거. 하지만 상관없다. 나도 안 갈 거니까. 그냥 찍어 두는 것만으로 기분이 좋다.

1월 20일

하루 지났지만 같은 날. 지우가 공항에 나오지 않아 세 시간을 기다렸다. 전화도 받지 않았다. 프랜이 음성 사서함에 메시지를 여섯 개는 남긴 것 같다. 지우의 쉐보레가 도착할 즈음 우리는 인앤아웃 버거에서 햄버거를 먹고 스타벅스에서 프라푸치노를 마시고 화장실에 두 번 갔으며 공항 내부를 돌아다니다 벤치에 앉아 책을 읽었다. 지쳐서 화도 나지 않았다. 무사히 만났다는 사실이 반갑기만 했다. 지우의 상태가 조금 이상했지만 처음에는 눈치채지 못했다. 도로를 타고 공항을 벗어나자마자 지우가 헛소리를 하기 시작했다. 늦은 이유를 설명하는데 오늘 길에 중국 공안을 만났다나. 낙하산을 타고 도로에 착지했단다. 너무 일상적인 어투로 말해서 멍하니 듣고 있었던 것 같다. 공안이 히치하이킹을 하기에 태웠는데 소매 아래 드러난 비늘을 보고 도마뱀이라는 사실을 알았다고 말했다. 그러더니 아직도 차에 타고 있는지 확인해 보라고, 시트를 젖히는 등 난리를 쳤다. 그쯤 되자 프랜이 차를 세

우라고 소리를 질렀다. 운전대를 뺏으려고 한동안 옥신각신한 거 같다. 나중에 안 사실이지만 지우는 암페타민을 했다고 말했다. MDMA였나. 프랜과 나는 넋이 나갔다. 우리로 말하자면 그런 것과는 전혀 상관없는 삶을 살아왔다. 앞으로도 그럴 거라고 나는 맹세했다. 덕분에 샌프란시스코에서 버클리로 가는 구간을 하나도 못 봤다. 너무 무서웠다.

1월 21일

프랜은 해외여행이 처음이었다. 나는 미국이 처음이다. 둘 다 이곳의 기후가 마음에 든다는 사실을 인정했다. 지우의 집과 UC 버클리 말고는 아직 아무 곳도 못 갔지만 도시 분위기도 마음에 든다. 지우는 코웃음을 쳤다. 실리콘밸리는 안 궁금해? 나는 예전의 내가 아니라고 말했다. 지우는 내가 웹소설을 쓴다는 사실을, 그것 때문에 메타북스를 그만뒀다는 사실을 믿지 못했다. 프랜이 내 소설이 인기가 있다는 걸 증명해 줬다. 신작 계약금이 연봉과 비슷하다는 사실도.

말세네. 지우가 말했다.

1월 22일

우리는 사우스 버클리에서 아침 8시에 출발했다. 오클랜드를 지나 클레어 몬트, 힐러 하이랜드, 글렌 하이랜드를 통과하는 CA 13번 주도를 탔고 몽트클레어, 오크모어 레드우드 하이츠를 지나 인터스테이트 580을 타고 헤이워드, 플레즌튼 리버모어를 지나 알타몬트 패스를 넘어 남부 캘리포니아를 향해 내려갔다.

프랜은 뒷좌석에 앉아 창밖을 봤다. 지루한 고속도로 풍경이 이어졌지만 감탄스러운 것 같았다. 나는 우리가 지나갈 모든 도로를 유튜브에서 봤다고 했다. 580번 주간고속도로에선 알타몬트 패스가 메인이래.

왜 주간고속도론데? 낮에만 운행해?

프랜이 묻자 지우가 혀를 찼다. 인터스테이트. 주를 연결하는 고속도로라는 뜻이잖아. 영문과 맞아?

뭐래, 이 약쟁이가.

때로 지우와 프랜은 서로 말을 너무 심하게 하는 것 같다. 가까운 사이일수록 예의를 지켜야 한다고 지우에게 말했지만 경멸만 받았다.

유튜브에 영상이 있어? 프랜이 묻기에 나는 고개를 끄덕였다. 유튜브엔 미국의 거의 모든 고속도로 주행 영상이 있다. 여행 전문 유튜버부터 조회 수 50을 겨우 넘는 일반인까지. 특히 남부 해안가나 사막 쪽 도로 영상이 많았다. 580번에서 이어지는 인터스테이트 5번은 서부를 관통해 캐나다와 멕시코를 잇는 도로다. 그러니까 국경을 두 개나 넘는 셈이다. 도

로로 국경을 넘다니. 한국에선 있을 수 없는 일이다. 대단하
지 않아? 지우가 어깨를 으쓱했다. 별 게 다 대단하네.

나는 얼마 전에 본 뉴스에 대해 이야기했다. 어떤 인플루언
서가 5번 고속도로에서 경찰과 추격전을 벌이다 권총으로 자
살한 소식이었다. 이름은 에르난데스 그라도. 그는 아내를 감
금하고 도끼로 구타했다. 이웃이 경찰에 신고하자 BMW를
타고 도망쳤고 도로에서 경찰에게 포위당해 극단적인 선택을
한 것이다. 그라도는 죽기 직전 라이브를 켜고 자살 장면을
생중계했다. 라이브 동영상은 금방 삭제됐지만 이미 인터넷으
로 퍼져 나갔다. 인스타그램에 마지막으로 올린 사진은 집 앞
에서 한 살 먹은 아들을 안고 찍은 사진이다.

죽기 직전에 이렇게 말했대. "I love my boy. I tried my
hardest but I fuck up."

"I am now weak. I just fuck hate my life, bro. I'm just
tired of this fuck life, fuck the police. They got all my
tires but fuck the law. I'm above the law."

프랜과 지우는 가타부타 말이 없었다. 지우가 창문을 내렸
다. 바람이 몰아쳤다. 지루할까 봐 꺼낸 뉴스였는데 분위기가
무거워진 게 느껴졌다. 농담으로 삼기엔 너무 폭력적인 이야
기였을까. 그라도가 한 말을 읽으며 심경이 복잡해지긴 했다.
그에게 감정을 이입한 건 아니었다. 연민도 아니고 분노도 아

니고 짜증도 아닌 이상한 감정이 들었다.

프랜이 앞좌석으로 고개를 내밀며 말했다. 라이브할 때 무슨 생각했을까.

응?

완전히 몰입했을까, 아니면 방송한다는 사실을 의식했을까. 모르겠는데.

지우가 고개를 흔들었다. 완전히 몰입한다는 게 무슨 말인데? 어차피 다 의식하는 거 아니야?

몰입하는 건 그 상황만 생각하는 거잖아. 내가 말했다. 아니면 아예 생각이 없어지는 건가. 명상하는 것처럼 말이야.

몰입은 생각을 안 하는 거지. 지우가 말했다. 운동선수가 몸에 밴 동작을 하는 것처럼 말이야. 의식하고 움직이면 갑자기 어색해지잖아.

그러면 어떤 생각에 몰입한다는 건 말이 안 되는 거네. 내가 말했다.

그렇지.

어떤 상황에 몰입하는 건 말이 되고.

그렇지. 지우가 나를 흘깃 보며 미소를 지었다. 어떤 의미로 지은 미소인지 모르겠지만 나도 같이 미소를 지었다. 프랜은 시트에 등을 기대며 눈을 가늘게 떴다. 뭔가 다른 생각이 있는 것 같은데 할 말이 마땅치 않은 거 같았다. 내가 물었다.

넌 어때?

뭐가?

지금 이 순간에 완전히 몰입하고 있어?

미친. 뭐래. 프랜이 피식 웃었다. 지우가 낄낄 웃는 게 느껴졌다. 두 사람을 웃긴 거 같아 조금 으쓱한 기분이 들었다.

프랜과 지우는 아직 좀 어렵고 그들에게 어떻게 하면 잘 보일 수 있을까 하는 생각이 들게 만든다. 얘네들한테 무슨 득이라도 보려고 잘 보이는 게 아니라, 그들이 나보다 훨씬 자연스럽고 당당하기 때문이다. 왜 그런지 모르겠다. 하지만 그들에겐 뭔가 그런 점이 있다. 쿨함? 시크함? 이런 썩은 단어로는 포착할 수 없는 태도가 있다.

우리는 정키에 대해, 메타북스에 대해 얘기했다. 정키가 어쩌다 캘리포니아 남부의 호텔에서 일하게 됐는지, 그동안 연락은 자주 했는지 뭐 그런 것들 말이다. 특별한 건 없었다. 회사를 그만두고 영화 평론을 쓰네 어쩌네 하더니 돈이 떨어졌고 일자리를 구하다가 비트호텔의 존재를 알게 됐다나. 그래도 미국에 직장을 구한 게 어디야. 지우가 말했다. 비자 받기 어려웠을 텐데.

프랜은 2주 휴가를 냈지만 차에서도 계속 회사에서 온 메신저에 답장을 했다. 그가 없으면 메타북스가 안 돌아갔다. 나야 프랜의 상황을 알지만 지우는 답답한 눈치였다.

그냥 메신저 꺼. 지우가 말했다.

그게 안 돼. 프랜이 메시지를 보내며 말했다.

콜링가의 데니스에 잠깐 멈춰서 밥을 먹었다. 해시브라운, 콥샐러드, 팬케이크. 정말 북미 인테리어 그 자체라 사진을 많이 찍었다. 바로 옆에 스타벅스도 있어 아메리카노와 그린티 프라푸치노를 샀고 지우와 교대했다. 고속도로에서 빠진 김에 잠깐 콜링가 시내를 둘러볼까 했지만 그만뒀다. 해 지기 전에 LA에 도착해야 했다. 산타모니카에서 석양을 봐야 하니까.

LA에서 자느냐 마느냐로 한동안 실랑이를 했던 거 같다. 지우는 그냥 내처 달려 데저스 핫 스프링스까지 가자고 했다. 나는 여기까지 와서 LA를 가지 않는 건 미친 짓이라고 생각했다. 프랜은 중립이었다. 베이커스필드를 지날 즈음 다시 지우와 교대했고 에어비앤비를 검색하기 시작했다.

방갈로 전체. 앳워터. 내가 핸드폰을 보며 말했다.

여기 끝내준다.

어디 한번 봐 봐. 지우가 말했다. 씨발, 뭐야 400달러가 넘잖아.

부티크 호텔의 객실. 산타모니카. 방 두 개. 욕실 하나.

거긴 얼마야?

300달러 안 되는데.

프랜이 보더니 외관은 괜찮은데 인테리어가 별로라고 했다.

근데 해변이 코앞이야.

고민되네.

우선 하트 표시 해 둘게.

호텔 객실. 몬터레이파크. 싸다. 100달러. 근데 여긴 안 되겠다. 방이 하나야.

로프트도 있어. 대박. 웨스트할리우드. 350달러.

원룸이네. 프랜이 말했다.

그렇네.

알함브라. 콘도 전체. 근데 인테리어가 너무 별로야.

슈퍼호스트 위주로 보는 거 맞지? 슈퍼호스트 아니면 안 돼. 지우가 말했다.

왜?

미국이잖아. 여긴 양아치가 많아.

프랜이 지우에게 유학 와서 여행은 좀 다녔냐고 물었다. 지우는 남부는 자기 취향이 아니라서 동부 쪽으로 두 번 갔다고 말했다. 필라델피아, 뉴욕, 보스턴.

그러면 그 선배도 만났어? 결혼하자던.

만났지.

왜?

그냥 만났어. 다른 친구들이랑 같이.

야, 야 이거 봐 봐. 버뱅크. 주거용 공간 전체. 말도 있어.

그게 왜 있어?

그냥 사진에 있는데……. 밥도 줘야 되나. 말 있는 거 치고는 별로 안 비싸네.

위치는 상관없어? 프랜이 말했다. LA도 클 거 아니야.

그러게. 베버리힐스로 가야 되나.

거길 왜 가? 지우가 소리를 질렀다.

아. 여기 예쁘다. 수영장 봐 봐.

오, 예쁘네. 프랜이 핸드폰을 건네받으며 사진을 넘겼다. 좀 비싸긴 하지만 이 정도면. 근데 침실이 하난데.

내가 거실에서 잘게. 내가 말했다.

뭐, 상관있겠어? 침대만 따로 쓰면 되지. 안 그래? 프랜이 지우에게 말했다. 지우는 싫은데, 라고 중얼거렸지만 크게 개의치 않는 눈치였다. 근데 정키한테 말했어? 자고 간다고?

검색에서 걸리는 제일 비싼 방은 베버리힐스에 있는 저택이었다. 6,000달러 정도 했다. 포르노 제작자가 살 거 같은 인테리어여서 내키지 않았다. 유럽이나 동남아시아 쪽 에어비앤비와 비교하면 전체적으로 인테리어가 별로였다.

나는 한참 더 스크롤을 내렸다. 그것보다 여기가 더 좋은 거 같아. 역시 베버리힐스고, 수영장도 딸려 있고. 호스트는 리암. 시크 아키텍처럴 디자인 벗 이츠 프라임 로케이션.

얼만데?

4,000달러. 내가 말했다. 계속 보다 보니 6,000달러가 비싸다는 생각이 들지 않았다. 언제 다시 올지 모르는데 그 정도는 쓸 수 있는 거 아닌가. 퇴직금도 받았고.

전재산이잖아?

그렇지…….

이제 그만 봐.

조금만 더 보고.

우리는 결국 25만원쯤 하는 버뱅크의 공동 주택에 묵었다. 워너브라더스 근처의 베트남 식당에서 저녁을 먹고 샤워를 하고 맥주를 마시고 나니 피곤해서 프랜과 지우 모두 금세 곯아떨어졌다. 나는 블로그를 좀 했다. 내일 샌디에고 쪽에 가자고 하면 혼날까?

1월 23일

프랜이 문득 생각났다는 듯 말했다. 아빠가 LA에 산다고. 프랜이 가족 이야기를 한 건 처음이다. 지우도 몰랐단다. 단지 부모님이 이혼했다는 정도만 알았는데, 맥모닝을 먹고 선셋 대로를 타고 내려가는 중에 스타워즈급 고백을 한 것이다. 프랜의 어머니는 임신 8개월 때 아버지와 이혼했다. 구체적인 내용은 못 들었는데 대충 듣기로 아버지가 답 안 나오는 바람둥이였다고 했다. 위로 누나만 넷 있는 5남매의 막내였고 옛날 사람 치고 키가 크고 피부가 반질반질해 부티가 났다. 대학도 나오고 달콤한 말도 잘했지만 의지박약이라서 제대로 하는 일은 하나도 없었다. 일만 못하는 게 아니라 연애나 사랑도 제대로 못해서 여자들의 유혹을 거절 못했다나. 이 대목에서 프랜은 어이가 없다는 듯 웃음을 흘렸다. 엄마는 그 와중에도 아빠가 바람 핀 게 여자들이 꼬리 쳐서라느니 하는 소리를 했다고. 그렇다고 프랜의 엄마가 그냥 넘어가는 성격은 아니었다. 집을 나왔고 그걸로 끝이었다. 프랜은 나이가 차고 아버지를 종종 만났지만 어머니는 절대 그를 보지 않았다. 니 애비니까 보고 와라, 돈이나 뜯어 와라, 라고 했다. 프랜은 선물은 받았지만 용돈은 거의 못 받았다. 돈이 없었던 거 같아. 그러던 프랜의 아버지가 LA에 온 건 고모들 덕분이었다. 프랜의 아버지는 결혼을 두 번 더 했지만 실패했고(총 세 번 결혼한 거야? 응. 매번 애도 낳았어.) LA에 살고 있는 둘째 누나와 셋째 누나가 막내를 미국으로 불렀다. 그래도 여기 오면 새 출발할 수 있을 거라고. 대체 뭘 보고 그런 생각을 했는지 모르겠다. 프랜의 아버지에게 믿을 구석이라곤 하나도 없었는데 말이다. 프랜의 아버지는 LA의 한인 교회에서 만난 여자와 또 결혼했지만 또 이혼했다. 그게 몇 해 전의 일이다. 다행인지 불행인지 그 여자는 미국 국적이었고 프랜의 아버지도 미국인이 되었다.

안 본 지 얼마나 됐어?

8년? 10년? 고등학교 졸업할 때 마지막으로 봤으니까.

전화는 해?

가끔 전화 왔는데 안 온 지 꽤 됐네.

보러 갈까?

지우가 말했다. 지우는 운전대를 잡고 있었고 차는 신호에 걸려 가다 서다를 반복했다. 하늘은 맑고 구름 한 점 없었다. 가늘고 높게 솟은 야자수들이 천천히 지나갔다. 벨에어를 지나자 도로 위에 차가 줄어들었고 숲속으로 들어온 것 같은 길이 이어졌다.

프랜은 아버지를 보고 싶진 않지만 재미있을지도 모르겠다고 했다. 그렇지만 역시 안 보는 편이 좋겠다고 했다. 아빠를 보면 기분이 안 좋아져.

왜?

글쎄. 그런 사람이 아빠라서? 근데 아빠가 마음에 안 들어서 그런 건 아니고. 그것보다는 내가 어떻게 태어났는지 안다는 사실이 좀 시시하달까. 프랜이 고개를 갸우뚱하며 말했다. 설명하기 힘들어.

나는 뭐라고 말하고 싶었지만 입을 다물었다. 말실수할까 봐 겁났다. 지우도 조용히 있었다. 나는 아빠와 엄마를 잠깐 생각했고 그들을 사랑하지만 낯설게 느낀다는 사실을 깨달았다. 너무 낯설어서 소름이 끼칠 정도였다. 가끔이지만 거울을 보고 내가 나라는 사실에 놀라는 것 같은 기분이었다. 내가 만족스럽지 않다거나 한심해서가 아니라, 내가 저 사람으로 수십 년 살았다는 사실을 갑자기 깨닫게 되는 거다.

퍼시픽 팰리세이드의 고급 주택가를 지날 때는 차를 거의 볼 수 없었다. 우리는 선셋 비치까지 가기로 했다.

이 길 끝에 타코벨이 있어.

내가 말했다. 지우가 웃음을 터뜨렸다. 내가 프랜차이즈를 너무 좋아한다는 거였다. 그것도 싸구려 프랜차이즈만 골라서. 나도 웃었다. 케첩을 좋아한다는 말을 해야 되나 잠깐 고민했지만 하지 않았다.

프랜은 오늘 저녁에 정키를 만난다는 사실이 비현실적으로 느껴진다고 말했다. 그것도 사막에서 말이다.

이렇게 될 줄 누가 알았겠어.

프랜 또는 지우 중 한 사람이 말했다. 아니, 내가 말했나. 아무튼.

1월 25일

우리는 사막에 있었다. 샌 하신토 마운틴이 유령처럼 서 있었다. 정키는 붉게 그을리고 수염을 덥수룩하게 기른 모습이었다. 활짝 웃는 모습으로 우리를 맞이했는데 그렇게 웃는 건 처음 본 거 같다. 프랜과 지우도 나처럼 낯설게 느꼈는지 움찔하는 게 보였다.

데저트 핫 스프링스는 상상한 것과 달리 꽤 잘 꾸며진 도시였다. 한적했지만 황량하거나 음산하지 않았다. 길에서 한국인으로 보이는 중년 부부를 봤다. 정키는 이곳에서 온천 호텔을 운영하는 한국인이 꽤 있다고 말했다. 매년 여름 미주 문인협회에서 문학 캠프도 해. 모여서 온천도 하고 시도 읽고 그러나 봐.

나는 문인 협회나 작가 협회엔 가입하지 않았다고 말했다.

웹소설 작가도 협회가 있어? 노동조합이라거나.

웹툰작가노동조합이 있던데. 내가 말했다.

수영장 옆에 바와 테이블이 있었다. 그곳에서 맥주를 마시며 대화를 나눴다. 우리 말곤 아무도 없었다. 해가 지고 나니 꽤 으슬으슬했다. 수영장에서 김이 올라왔고 잔물결이 일었다.

맥주병이 비기도 전에 정키가 제안을 했다. 임상 시험에 참여해 달라는 거였다. 비행기 삯부터 숙박비까지 대부분의 여행비를 지원해 준다고 했다.

그날 밤 내내, 그리고 다음 날까지 이 문제를 가지고 고민하고 다퉜다.

지우는 어쩐지 이런 제안을 할 거 같다고 했다. 그러지 않고서야 오라는 이유가 없지 않냐고. 정키는 그건 아니라고 했

다. 너희들이 보고 싶어서 부른 거야. 실험은 도움을 주기 위
한 핑계에 불과해.

무슨 도움?

해 보면 알 거야. 정키가 말했다.

임상 시험은 합성 사이키델릭 약물을 투여하고 경과를 지
켜보는 것이다. 총 2회의 세션이 진행되며 7일이 소요된다. 첫
날 세션을 하고 다음 날 경과 관찰 후 이튿날 휴식, 두 번째
세션도 같은 과정을 거친다. 7일째 되는 날은 전체 '트립'에
참여한 사람들이 모여 이야기를 나눈다. 트립 기간 동안은 다
른 사람과 대화 나누는 걸 금지한다. 트립에서 피험자는 위약
을 받을 수도 있다. 두 번 모두 위약을 받을 수도 있고 한 번
도 받지 않을 수도 있다. 결과는 마지막 날 알려 준다.

문제는 이 시험이 FDA의 승인을 받지 않았다는 사실이다.
쉽게 말해 불법적으로 이루어지는 임상 시험이다. 트립 도중
미치거나 죽을지도 모르고 그런 일이 일어나면 아무도 모르
게 조용히 매장될지도 모른다. 미국과 멕시코 국경 사막에 묻
힌 이름 없는 시체가 되는 거다. 나와 프랜은 겁에 질렸다. 정
키가 그럴 일은 없다고, 이상이 생기거나 죽은 사람은 아무도
없다고 했지만 신뢰가 가지 않았다. 정키는 잠시 생각하더니
다시 말했다. 엄밀히 말하면 한 사람이 죽었던 것 같다고. 하
지만 그 사람은 원래 동맥류 지병이 있었나 그랬을 거야.

다시 말하지만 우리는 너무 무서웠다. 정키가 우리를 시험 쥐로 만들 줄이야.

반면 지우는 담담했다. 너희가 생각하는 그런 건 아니야.

지우의 말에 따르면 캘리포니아에서 사이키델릭은 흔한 일이고 약물 시험은 전국적으로 시행된다. 다만 법적으로는 정신적 또는 신체적으로 문제가 있는 사람을 대상으로 하는 종류의 시험만 허락됐다. 건강한 일반인을 대상으로 시험하거나 놀이를 위한 사용에는 제한이 있었다. 사람들은 일종의 지하 세계에서 다양한 방식으로 트립을 했다. 말이 지하 세계지 바다와 산이 보이는 고급 주택가 거실에서 모로코산 카펫 위에 앉아 약물을 하는 경우가 허다했지만. 다만 어떤 경우에든 숙련된 가이드의 안내에 따라 세션을 진행했다. 우리가 받을 임상 시험의 가이드 역시 CIIS, 캘리포니아 통합학문대학원 사이키델릭 치료사 과정을 졸업한 전문가라고 했다.

지우 때문에 조금 진정하긴 했지만 그래도 불안한 건 마찬가지였다. 암스테르담 같은 곳에서 대마나 하시시를 하는 것과 다른 문제였다.

정키는 오늘 중에 결정을 내려야 한다고 말했다. 압박하고 싶은 생각은 없지만 아무튼 그래.

프랜이 정키를 호텔 안쪽으로 끌고 가서 한참 대화를 나눴다. 지우는 우리 결정에 따르겠다고 했다. 자기는 아무 거부감도 없다고 말이다.

나는 방에 들어가서 관련 정보를 검색했다. 롤랜드 그리피스, 정신약리학 저널. "실로시빈은 본질적이고 지속적인……". 멘로파크 국제 고등연구 재단, 스프링 그로브, 에살렌, CIA의 MK 울트라 연구 프로그램. 1959년 캐리 그랜트는 60번의 사이키델릭 세션을 통해 새로 태어났다. 트립타민, 트립토판으로부터 부패세균의 탈카르복시화효소작용에 의해……. 세로토닌, DMN, 후측대상피질, 애시드 트립, 기묘한 환영을 유발하는 버섯, 자아가 해체되고…….

솔직히 말하면 뭐가 뭔지 알 수 없었다. 완전히 정신 나간 소리 같기도 했고 그럴듯한 소리 같기도 했다. 어쨌든 엮이고 싶진 않았다. 그러나 한편으로 기회일지도 모른다는 생각이 들었다. 이런 경험을 언제 다시 할 수 있을까. 영화의 주인공이라도 된 기분이었다. 하지만 이 영화가 졸작이면 어떡하지? 내 경력은 시궁창에 빠질 것이다. 경력이랄 게 없지만 말이다.

비트호텔의 방은 스탠드 조명 대신 드림 머신이 있다는 걸 빼면 여느 호텔 방과 다르지 않았다. 드림 머신은 세로로 낄쭉한 원통형 모양의 조명이었다. 서비스 디렉토리에 사용법이 나와 있었다. "이 기기는 조명으로 사용할 수 있으며…… 동작 중 적정한 거리에서 눈을 감고 명상을 하면 트랜스 상태에 도달할 수 있습니다……."

창밖에 정키와 프랜이 보였다. 둘은 수영장 옆의 테이블에 앉아 대화를 나누고 있었다. 다른 사람은 보이지 않았다. 정키가 말한 신나치들은 이미 두 번째 세션을 마쳤다. 이 임상 시험을 지원하는 단체가 혹시 극우 성향의 조직이냐고 물었지만 그건 아니라고 했다.

비트호텔 임상센터는 영국의 베클리 재단에서 운영했다. 베클리 재단은 옥스퍼드서에 있는 14세기 튜더 왕조 시대의 대저택 베클리 파크의 이름을 딴 곳으로 주로 향정신성 물질이 뇌에 미치는 영향을 연구하고 마약 정책 개정을 위해 로비한다. 물론 마약을 합법화하기 위한 노력이다. 비트호텔의 소유주인 마크를 업로드한 단체 테라셈과 베클리 재단이 협약을 맺고 이곳을 실험 센터로 만든 것이다. 베클리 재단과 테라셈은 목표와 성향이 상충하지만 필요에 의해 협력한다고 했고, 여러 지역에 다양한 실험군이 필요하다고도 했다.

세트와 세팅 값 때문이야. 정키가 설명했다. 사이키델릭 약물은 세트와 세팅이 절대적인 영향을 미친다. 세트는 사람이 미리 지니고 있는 태도나 경험을 뜻하고 세팅은 약물 복용이 일어나는 배경을 뜻한다. 일반적인 약과 달리 효과가 사람마다, 복용할 때마다 판이하게 다르다는 거였다. 사이키델릭 약물은 언제나 관계 속에서 상호작용했다. 이 점이 이 약물을 시험하는 데 어려움을 겪는 가장 큰 이유라고 했다. 동시에 그 점이 가장 중요한 특징이기도 했다. 인간이 생화학적 기계인 동시에 예측 불가능한 생명이라는 뜻이니까.

정키는 이 실험과 관계된 일들이 생각보다 단순하다고 말했다. 특별한 의도나 비밀, 음모가 배후에 있을 거라고 상상하기 싫지만 대부분은 그저 이해관계와 타이밍의 우연한 만남일 뿐이라고, 자신이 여기에 있게 된 것처럼 말이다.

그럼 내가 여기 있는 것도 마찬가지일까. 이해관계와 타이밍의 우연한 만남 말이다. 그렇게 쉽게 단정 지을 수 있을까. 모든 건 정말 어쩌다 그렇게 된 것뿐이고 세상엔 중요한 것도 의미 있는 것도 없는 걸까.

그날 밤 메타북스에서 본 걸 설명할 수 있다면 여기 오지 않았을 거라는 생각이 든다. 그 경험이 없었다면 프랜과 가까워지지 않았을지도 모르고 회사를 그만두지 않았을지도 모른다. 누가 그런 말을 했다. 무언가를 설명하기 위한 유일한 방법은 실천하는 거라고, 생명을 설명할 순 없지만 생명을 창조할 순 있다고, 미래를 아는 유일한 방법은 미래가 오길 기다리는 거라고, 그게 우리가 할 수 있는 유일한 일이라고.

1월 26일
첫 번째 세션을 마쳤다.

1월 27일

기본적인 신체 검사 및 뇌파 검사를 했다.

모니터와 여러 기계 장치가 있는 백색 방이었다. 흰 가운을 입은 여자가 128개의 센서가 붙어 있는 빨간색 고무 모자를 가져왔다. 모든 센서에 케이블을 연결하고 아래 부분에 전도성 젤을 발랐다. 여자가 모자를 내 머리에 씌웠다. 나는 얌전한 영장류가 되어 기다렸다. 여러 그림과 단어가 제시됐다. courage, desire, pitty, family, nature, future, envy……. 같은 단어들이 한국어로도 제시됐다.

검사가 끝나고 미스티컬 익스피리언스 퀘스처너리, 줄여서 MEQs라는 제목의 설문지를 작성했다.

매우 그렇다에서부터 전혀 그렇지 않다까지 5점 척도로 평가한다면, 귀하가 평상시 갖고 있던 정체성을 얼마나 잃어버렸습니까? 순수한 존재를 어느 정도 경험했다고 느낍니까? 더 큰 전체와의 융합을 어느 정도 느낍니까?

1월 28일

가끔 나는 그날 밤 일이 꿈이라고 생각한다. 그날 신신이 쏜 총에 사람이 맞았는데 나는 아무것도 할 수 없었다. 그 사람이 한강에 빠졌고 신신과 잭슨 주가 나를 돌아봤다. 서둘러 뛰어갔지만 흔적을 찾을 수 없었다. 강바닥으로 가라앉는 시체를 봤던가. 가끔 물속에서 그 사람의 손을 잡는 꿈을 꾸기도 한다. 내 물음에 잭슨 주가 고개를 저었다. 니가 잘못 본 거야. 경찰은 내 진술을 무시했다. 다음 날 필립이 계약서를 확인시켰고 회사에서 소개해 준 의사에게 정신 감정을 받았다.

프랜이 물었다. 뭘 봤어?

1월 29일
두번째 세션을 마쳤다.

1월 30일
호텔 입구에서 신신과 마주쳤다. 짧게 자른 머리에 헐렁한 셔츠 차림이었다. 서울에서 봤다면 누군지 몰랐을 것이다. 신신은 나를 한참 보더니 다가와 포옹을 했다. 나는 아무 말도 하지 않았다.

1월 31일
내 몸이 낯설게 느껴진다. 입술을 만지는 느낌이 좋아서 서너 시간은 만진 거 같다. 시간이 얇고 넓게 퍼지는 느낌이다.
하늘에 먹구름이 가득했다. 바닥이 흔들리는 느낌이 들어서 어지럼증이라고 생각했는데, 지진이 있었다는 안내 방송이 나왔다. 팜 스프링스에서 강도 3.5의 지진이 일어났다고 했다. 자주 있는 일이란다.

대학교를 졸업할 무렵에는 무슨 생각을 했는지 모르겠다. 그때는 내가 다 컸다고 생각했고 생각을 하고 있다고 생각했다. 하지만 그때 친구들에게 했던 말을 떠올리면 수치심을 참기 힘들다. 그렇다고 과거를 부정하고 싶진 않다. 그건 있었던 일이니까. 그런 말을 하고 행동을 한 건 나다. 범죄를 저지른 건 아니지만 떳떳하지도 않다. 지금은 어떨까. 시간이 지나면 지금의 생각도 낯설게 느껴질까. 나는 한 번도 제대로 된 생각을 하지 않았는지도 모른다. 생각할 수 있는 능력 자체가 없다고, 생각은 다 가짜라고. 그러나 지금 이 순간은 그래도 괜찮다는 생각이 든다. 그냥 그런 느낌이다.

2월 1일

정키가 말했다. 진짜 콜로라도 사막은 조슈아 트리 아래쪽에 있어. 내일 그쪽으로 가자.

프랜은 소노라 사막에 가고 싶다고 말했다. 여기까지 왔으니 차 타고 국경을 넘어야겠다고 말이다.

정키가 고개를 저었다. 그건 안 돼.

왜?

내가 불법체류자거든.

정키는 이미 오래전에 비자가 만료됐다고 했다. 이민국에 걸리면 끝장이야.

우리는 숨이 넘어갈 정도로 웃었다. 왜 웃긴지는 모르겠지만 너무 웃겨서 나중에는 배가 아파 바닥을 굴렀다.

2월 2일

2월 3일

지우가 내 웹소설을 읽었다고 했다. 세션이 끝나고 할 일이 없어서 읽었다나. 엿새 만에 280화를 다 봤다고 말했다. 마지막에 그게 무슨 말이야? 마지막 뭐? 마지막에 어부들의 왕이 나오잖아. "그리고 그들 사이에서 어부들의 왕이 나타났다." 맞지?

나는 고개를 끄덕였다. 그게 맞다.

2월 4일

정키는 호텔에 계속 남아 있을 거라고 했다. 우리는 내년에 다시 오겠다고 말했다. 그때도 공짜로 묵을 수 있을거야. 내가 추방되지만 않으면. 정키가 말했다. 정키는 입구에 나와 우리가 사라질 때까지 지켜봤다. 모래바람이 일었지만 정키가 서 있는 모습을 볼 수 있었다. 아주 조그맣게 될 때까지 볼 수 있었다.

프랜이 말했다. 니가 잘못한 건 없어. 신신은 잡힐 거야. 나는 그렇지 않을 거라고 생각했지만 말하지 않았다. 프랜도 알 것이다. 단지 조금 더 좋은 쪽으로 말할 뿐이다.

2월 5일

지우는 공항까지 우리를 따라왔다. 어제 늦게까지 얘기를 나눠서 우리 모두 피곤했다. 모자를 푹 눌러 쓴 지우는 우리가 출국장으로 들어갈 때까지 손을 흔들었다. 기분이 이상했다.

비행기에서 MEQs를 다시 했다. 그걸 왜 가져왔어? 프랜이 말했다. 나는 질문이 재밌어서 가지고 왔다고 말했다. 우리는 태평양 위를 날고 있었다. 창밖으로 끝없는 바다의 표면이 보였다. 제트 기류가 비행기를 감쌌고 몸이 기우뚱하며 떠 있는 기분이 들었다. 이거 봐 봐. 내가 설문지를 가리키며 말했다. 임상 시험에 대한 질문이 아닌 거 같지 않아? 프랜이 질문을 보려고 고개를 숙였다.

경험을 다른 사람과 공유하기 어렵다는 느낌은 어느 정도 입니까.

경험을 표현할 적절한 언어가 없다는 감각은 어느 정도입 니까.

작가의 말

최근 본 가장 재밌는 말은 "라팔리사드(lapalissade)"라는 프랑스 단어다. 동어반복에 불과한 뻔한 말을 지칭하는 단어로 자끄 드 라 팔리스라는 중세 프랑스 귀족의 이름에서 유래됐다. 그는 이탈리아와 맞서 싸운 용맹한 장군이었고 병사들은 그의 용기를 찬양하는 노래를 썼다. 이후 시인 베르나르드 라 모느와예가 그 노래를 비틀어 「라 팔리스」라는 시를 썼는데 예를 들면 이런 식이다. "아, 그가 죽지 않았다면 여전히 살아 있을 텐데."

이런 라팔리사드는 요즘 더 많이 보이는 것 같다. 특히 정치인들은 라팔리사드의 애용자들이다. 밈으로 유행하는 일본의 정치인 '펀쿨섹좌' 고이즈미 신지로가 그 대표적인 케이스다. "경기가 좋아지면 불경기에서 탈출할 수 있다고 생각합니다." "감염만 안 되면 옳지 않습니다."

우리가 익히 아는 아들 부시 대통령도 만만치 않다. "투표율이 낮다는 것은 더 적은 사람들이 투표한다는 뜻입니다." "오늘날은 과거보다 훨씬 더 불확실한 세계입니다. 과거에 우리는 확신하고 있었습니다. (……) 비록 불확실한 세계이지만 우리는 몇 가지는 확신하고 있습니다. 우리는 이 세계에 미친 놈들이 있고 테러가 있으며 미사일이 있다는 것을 확신하고 있습니다." 확실하다는 건지 불확실하다는 건지…….

하지만 이런 기본적인 논리적 오류가 진짜 오류나 실수라는 생각은 들지 않는다. 어쩌면 이게 언어의 본 모습, 진정한 내면 아닐까. 말은 대단한 의미를 담고 있고 그 의미를 서로에게 전달하는 것 같지만, 실은 단지 말이 말을 하는 것뿐이다. 그렇다고 언어가 아무것도 아닌 건 아니다. 언어는 분명 뭔가를 전달한다. 다만 나는 그것이 내용이나 의미가 아니라고 생각한다. 지금 당신이 이 글의 내용을 이해하고 있더라도 말이다.(내 말이 뭔가 라팔리사드의 하나처럼 들린다면 그건 맞다. 물론 그렇다고 의미가 전달됐다는 건 아니다.)

그러면 이렇게 하나 마나 한 말을 왜 하는 걸까. 나는 책이 깨달음을 준다는 말 따위는 믿지 않는다. 모든 언어는 이미 깨달은 사람, 깨달을 준비를 한 사람에게만 이해된다.(물론 이

경우에도 진짜 이해한 건 아니다.) 그렇지만, 그럼에도 불구하고 나는 여전히 언어의 힘을 믿는다. 언어는 그것이 담고 있는 의미보다 훨씬 많은 일을 한다. 어떤 일을 하는지는 설명할 수 없다. 이건 설명할 수 없는 일이니까. 단지 실천할 수 있는 일일 뿐이고 그래서 나는 소설을 썼다. 앞으로도 쓸 것이다.

2022년 5월
정지돈

인용(해당 페이지 고딕체 표기 부분)

37쪽 윌리엄 버로스 저, 전세재 역, 『네이키드 런치』(책세상, 2005).

40쪽 김혜리 외 저, 전주국제영화제 엮음, 『영화는 무엇이 될 것인가?』

(프로파간다, 2021).

60쪽 전상진, 『음모론의 시대』(문학과지성사, 2014).

61쪽 전상진, 위의 책.

62쪽 윌리엄 버로스, 위의 책.

123쪽 스티븐 레비 저, 박재호·이해영 역, 『해커, 광기의 랩소디』

(한빛미디어, 2019).

135쪽 조지 오웰 저, 이기한 역, 『1984』(펭귄클래식코리아, 2009).

164~165쪽 David Lewis, *On the Plurality of Worlds*(Oxford: Blackwell,

1986), p. 2.(김아영·레자 네가레스타니·셀린 풀랑·유운성 저, 『다공성 계곡, 이동식

구멍들』(일민미술관, 2018) 중 '레자 네가레스타니: 「다중 세계의 우주론적 정치학에

대한 단상」'(김민주·허미석·김아영 역, 황문영 감수)에서 재인용.)

『⋯스크롤!』은 다음의 텍스트들과 함께 쓰였다.

귀스타브 플로베르 저, 민희식·임채문 역, 『감정교육』(시와진실, 2007).

윌리엄 버로스 저, 조동섭 역, 『정키』(펭귄클래식, 2009).

William S. Burroughs, *Nova Express*(Penguin Modern Classics, 2014).

William S. Burroughs, *The letters of William S. Burroughs 1945-1959*
(Penguin Books, 1993).

William S. Burroughs·Brion Gysin, *Burroughs and Friends: Lost Interviews*
(RE/Search Publications, 2019).

윌리엄 버로스 저, 박인찬 역, 『붉은 밤의 도시들』(문학동네, 2014).

필립 K. 딕 저, 김상훈 역, 『파머 엘드리치의 세 개의 성흔』(폴라북스, 2011).

마이클 폴란 저, 김지원 역, 강석기 감수, 『마음을 바꾸는 방법』(소우주, 2021).

니콜라이 고골 저, 이경완 역, 『죽은 혼』(을유문화사, 2010).

라이나 스탐볼리스카 저, 허린 역, 『해킹 스토킹 크래킹 다크넷』(동아엠앤비,
2020).

올더스 헉슬리 저, 권정기 역, 『지각의 문, 천국과 지옥』(김영사, 2017).

멀린 셸드레이크 저, 김은영 역, 홍승범 감수, 『작은 것들이 만든 거대한 세계』(아날로그, 2021).

제임스 글릭 저, 박래선·김태훈 역, 김상욱 감수, 『인포메이션』(동아시아, 2017).

앤디 그린버그 저, Evilqcom 역, 『샌드웜』(에이콘출판, 2021).

아흐메트 알탄 저, 고영범 역, 『나는 다시는 세상을 보지 못할 것이다』(알마, 2021).

Brion Gysin, *Dreamachine Plans*(Temple Press Limitied, 1992).

"*Modem Grrrl: Future hacker St. Jude has some advice for women who see technology as a problem: get modems*", WIRED(Feb 1, 1995).

"*Kathy Acker Reading The Body*", MONDO 2000 Issue #4(1991).

"*Inside 'Mondo 2000,' the cyberpunk magazine that gave us a glimpse of the utopian future that never was*", DOCUMENTJOURNAL(Jan 7, 2021).

"*Meet The 'Assassination Market' Creator Who's Crowdfunding Murder With Bitcoins*", Forbes(Nov 18, 2013).

"*Interzone's a Riot: William S. Burroughs and Writing the Moroccan Revolution*", STACEY ANDREW SUVER.

"*Part 1: The Amanuensis*", "*Part 2: The Offer*", "*Part 3: The Departure*", Mark Van de Walle, Paris Review(2011).

"*Karel Teige's "Mundaneum"*", modernist architecture A Database of Modernist Architectural Theory(1929).

"*THE SIMULATION GAME DESIGNED TO SAVE THE WORLD*", Andrew

Roush, tcea(June 29, 2020).

"World Game", Buckminster Fuller Institute website.

THE MYSTICAL EXPERIENCE QUESTIONNAIRE(30 QUESTIONS).

The Beat Hotel, Alan Govenar, 2012.

오늘의
젊은 작가

35

…스크롤!

정지돈 장편소설

1판 1쇄 펴냄 2022년 5월 9일
1판 5쇄 펴냄 2024년 7월 12일

지은이 정지돈
발행인 박근섭·박상준
펴낸곳 (주)민음사

출판등록 1966. 5. 19. 제16-490호
주소   서울시 강남구 도산대로1길 62(신사동)
          강남출판문화센터 5층(06027)
대표전화 02-515-2000 | 팩시밀리 02-515-2007
홈페이지 www.minumsa.com

ⓒ정지돈, 2022. Printed in Seoul, Korea

ISBN 978-89-374-7335-7 (04810)
ISBN 978-89-374-7300-5 (세트)

* 잘못 만들어진 책은 구입처에서 교환해 드립니다.